KB176996

우주로 간 고래

박지음 장편소설

교유서가

차례

소녀 유령

-여자아이 유령이 우주선에서 돌아다닌대요.

출입구 경비 녀석이 말을 걸었다. 한은 경비 녀석이 들어가 있는 출입구 컨테이너 안을 들여다보았다. 아침저녁으로 한과 말을 섞는 경비 녀석이었다. 뭔가를 지키는 일은 무료한 일일 터였다. 봄에나 사람들이 몰려왔고 여름부터 겨울까지는 작업하는 인부들만 출입했다.

-어디서 돌아댕긴다고?

경비업체 직원은 잠시 멍한 표정이더니 대답했다.

-포트랑 스타보드요.

한은 우주선으로 시선을 옮겼다. 우주선은 배 모양으로 만든 낡은 고철 덩어리였다. 한과 경비직원은 습관적으로 우주선의 구조를 배의 구조로 말했다.

―선수랑 선미도 아니고, 좌현이랑 우현에 나타난다고?

경비업체 직원이 고개를 끄덕였다. 한은 경비업체 직원의 얼굴을 마땅치 않게 바라보았다. 우주선이 항만에 들어서고부터 떠돌던 소문이었다. 요 몇 달 사이에는 소녀 유령을 보았다는 사람들이 늘었다. 씻김굿이라도 한판 벌여야 하는 것 아니냐는 말도 돌았다. 한은 관리자로서 공포를 조장할 수는 없었다. 한은 별일 아니라는 태도로 일관하고 있었다. 모른 척하다 보면 소문이 잠잠해질 거라 여겼다. 한은 아침 댓바람부터 귀신 소리나 하고 있는 경비업체 직원한테 퉁을 놓았다.

―못 찾은 게 수두룩하다매. 근디 왜 가시나만 나타난다냐. 다 같이 나오제.

경비직원은 억울한 듯 소리쳤다.

―아따, 나도 모른당께요. 밤에 경비 서는 아그들이 무서 죽 겄다고 난리요.

한은 껄껄 웃었다. 경비업체 직원은 20대의 곱상한 얼굴이었다. 덩치는 한보다 훌쩍 컸다. 한은 덩칫값도 못한다는 생각에 어린아이를 보듯 경비업체 직원을 보았다.

―우주 시대에 뭔 귀신이라냐. 그것도 가시나 귀신이라고? 염병하고 있네.

한이 인상을 쓰고 말하자 경비업체 직원이 손을 내저었다.

-아따, 아재요. 그런 소리 남들 들으믄 난리 난당께요. 아재가 가시나들 징하게 싫어하는 것은 알겠지만, 다른 집 귀한 자식들 아니요. 유가족들 들으믄 가슴에 대못 생긴당께라. 그라고 아재 SNS에 말 돌믄 큰일 나요. 그랑께, 내 앞에서만 그 소리 하고 남들 앞에서는 하지 맙시다. 알았당께라?

속도 좋고 착한 놈. 한은 경비업체 직원의 순한 눈을 보면서 녀석을 다잡으려던 마음을 풀었다.

-그라제. 너랑은 이물없이 속 터놓께 이바구해쌓지. 그라고 저 우주선에서 죽은 사람들이 어디 한두 명이다냐.

경비직원은 한의 누그러진 말을 듣고 안심한 표정이었다.

-아재가 고생이 많지라. 같이 일하는 아그들이 말이 잘 안 통하지라?

경비직원이 사탕을 한의 손에 쥐어 주며 달래듯 말했다.

-단거 자시고 기분 푸소.

한은 사탕을 까서 아작아작 씹으며 말했다.

-인도 아그들이라 내 영어를 못 알아듣는당께.

한과 경비직원은 한바탕 웃었다. 한은 초콜릿색 피부에 크고 순한 눈을 가진 옴프라카시의 얼굴이 떠올라 말을 덧붙였다.

-그래도, 그 옴프라카시라는 녀석하고는 말이 통한당께. 너랑 나이도 비슷하겠구만. 내가 고향에서 젤로 영어를 잘했당께. 그 안 있냐? 옛날에 나왔던 마블 영화를 원어로 보고 싶드

라고. 그래서 마블 시리즈를 통으로 다 외우믄서 영어 공부를 했제. 특히 가디언즈 시리즈의 그 찰진 대사들은 내가 씹어 묵었당께. 그 영어를 늙어서도 써먹는다 내가.

경비직원이 말을 받았다.

-내가 봐도 아재는 이 새안시에서 젤로 영어를 잘하는 어르신이어라. 옴프라카시가 복이 많소. 타국서 아재 같은 사람 만나 정붙이고.

한이 손을 내저으며 말했다.

-정은 무슨. 내 보기에 성실하고 착하다는 소리랑께.

경비직원은 경비업체에서 파견 나와 3년째 저것을 지키고 있었다.

-니도 고생이 많지야. 우주여행에서 죽은 사람들 운이 그게 다인갑제. 나도 살믄서 산전수전 다 겪고 살아 논께, 그랑갑다 하제. 인쟈 들어가 볼랑께. 일 봐라.

한은 우주선을 향해 걸음을 옮겼다. 한의 머리에 오래전 기억이 선명하게 지나갔다. 나이를 먹어갈수록 한은 어제 일은 깜빡깜빡 잘도 잊으면서 몇십 년 전 일은 더욱 선명해졌다. 어제 일이 대수랴, 5분, 10분 전 일도 깜빡했다. 그저 50년 전쯤 일이 또렷이 기억나 마음이 답답해지곤 했다. 사람 머릿속은 왜 이러는지 한은 이해할 수 없어서, 늙은 머리통만 벅벅 긁었다. 한이 젊을 때는 50년이 지나면 세상이 바뀌어서 자동차가 하늘로 날아다니고 궂은일은 다 로봇이 할 줄 알았다. 그러나 세상은 그다지 변하지 않았다. 로봇보다 외국인 노동자의 인건비가 더 쌌다.

한이 생각하기에 사람이 밤에 잠들고 아침에 일어나 밥 먹고 똥을 싸고 일을 하러 나가는 일상은 변하지 않았다. 한은 인간의 변하지 않는 삶과 고요히 흐르는 일상이면 충분하다고 생각했다. 한은 중얼거렸다. 로봇을 아무리 만들어 봐라. 해체하는 것은 다 내 손을 거쳐야 하니.

한은 우주선 내부에서 끄집어내 놓은 물건들 옆을 지나갔다. 소형 튜브는 찌그러져 뭉개져 있었고 쇠로 만든 집게며 쇠봉들이 거인이 눌러 놓은 것처럼 짜부라져 있었다. 중력이 사라진 우주에서도 시간이란 힘이 센 법이다. 우주 공간에서 부유하던 쇠들이 남도의 뜨거운 해와 바람에 계속 부패하고 있었다. 쇠처럼 단단했던 한의 몸을 노쇠하게 만든 땡볕과 바닷바람 거기에 더해진 시간. 그것들이 우주선을 조금씩 갉아먹으며 한의 옆에 있었다.

한은 잠시 걸음을 멈추고 방수포로 덮어 놓은 물체들에 눈길을 주었다. 방수포에 덮인 물체는 제법 여러 개였고, 2톤 화물트럭처럼 큼직했다.

한은 유령이 나타난다는 소문이 도는 것이 이 방수포들 때문일 거라고 생각했다. 방수포는 우주선을 인양하고 항만에 자리를 잡은 다음 물건들을 꺼내 덮어 놓고 다시 거둔 적이 없었다. 그 안에서 물건들이 어떻게 변형되고 있는지 점검하지 않았다. 어차피 다 분해해 버릴 것들이었다. 따로 신경을 쓰는 것이 인력과 시간을, 말하자면 세금을 낭비하는 일이라고 여기는 듯했다. 한은 열쇠로 자물쇠를 풀고 펜스 안으로 들어갔다. 한은 물건 더미에 가까이 가서 뜨겁게 달궈진 방수포를 흔들어 봤다. 아무것도 튀어나오지 않았다. 쥐 한 마리도. 한은 자신의 행동이 어이가 없어서 피식 웃었다. 경비업체 직원의 말을 믿지 않으면서도 의혹을 확인해 보고 싶었다.

-귀신은 무슨.

한은 불쾌함에 인상을 찌푸리다가 담배를 꺼내 물었다. 한은 담배를 피우면서 눈앞에 놓인 낡은 우주선을 올려다봤다. 붉은 녹이 부스스 떨어지는 우주선을 보며 한은 욕을 내뱉듯 다시 한번 중얼거렸다.

-귀신이 무섭간디? 사람이 더 무섭제.

우주선 주변에 펜스가 쳐져 있어서 마치 감옥에 갇힌 늙은 이를 보는 것 같았다. 새벽 5시면 어김없이 밝아 오는 남도의 해가 열기를 더해 가고 있었다. 9시가 넘어가자 살을 지지는 남도의 해가 한의 목덜미에, 드러난 어깨에, 붉게 익은 얼굴에 내려앉았다. 항만의 바람이 펜스를 가볍게 넘어 다가왔다. 수

십 년째 한의 몸을 익혔다가 얼렸다가 뼈를 시리게도 했으나, 이 바람에는 한의 마음을 보듬어 주는 뭔가가 들어 있었다. 한은 한숨을 몰아쉬다가 내리퍼붓는 땡볕에 얼굴을 찌푸렸다. 한은 목에 둘러놨던 수건을 풀어 콧등이며 목덜미에 솟기 시작한 땀을 털어 내듯 닦았다. 그러고선 작업복 바지춤에 수건을 찔러 넣었다. 한은 가래를 긁어모아 뱉고 싶었으나 입안이 바짝 말라 목이 탔다.

한은 저것을 보고 있는 것만으로도 가슴이 답답했다. 녹슨 몸뚱이로 항만의 바람조차 막아 버리는 저것. 한의 마음을 풀어 주는 바람조차 막아 버리는 저것.

조선소에서 일을 시작한 이래, 동료가 다치거나 죽거나 떠나는 일도 있었다. 그러나 일터가 멈추는 일은 없었다. 한은 나이를 먹고 무거운 쇠를 들어 올리는 일이 버거워졌다. 한은 젊은 사람들에게 자리를 내주고 떠나야 했다. 한은 쉬는 동안 선박 해체 작업을 배우기 시작했는데, 순전히 취미였던 그 일로 한은 먹고살 방법을 찾았다. 신항만이 조성되고 한은 작은 어선의 해체 작업부터 시작했다. 작업량은 많지 않았고 쇠를 잘라 내는 단순한 작업이라서 가스절단기를 돌리면서 하면 되는 일이었다. 어선 후에는 소형 우주선의 의뢰가 들어왔다. 한은 몇 명의 작업자와 닥치는 대로 해체 작업을 했다. 선박이든, 우주선이든 의뢰가 들어오면 다 했다. 나중에는 우주선 해체 의뢰가 주로 들어왔다. 한이 그 일을 시작하고 얼마 후 저것이 밀고 들어왔다. 항만은 자리를 내주고 멈추어 버렸다. 한이 이 일에 나선 것은 어서 저것을 치워 버리기 위해서였다.

한처럼 우주선 해체를 전문으로 할 수 있는 사람은 우리나라를 통틀어도 드물었다. 우주선 해체 작업은 가장 가난한 나라의 몫이었다. 가난한 나라의 가장 가난한 노동자들의 일. 한은 대형 선박과 대형 우주선을 해체해 본 경험은 없었다. 그래서 한의 조건은 인도 기술자를 붙여 달라는 것이었다. 한이 총괄 진두지휘를 하고 기술이 필요한 노동은 인도인들의 몫으로 두기로 했다.

한은 이번 주에 작업할 분량을 머릿속에 그려 봤다.

한 주의 시작인 월요일이었다. 인도 인부들이 작업장에 오기 전에 현장을 점검하기 위해서 30분은 일찍 온 날이었다. 한은 다시 고개를 돌려 우주선을 보았다. 우주선은 마치 거대한 배처럼 생겼다. 작업하는 인부들과 한은 배로 치부하고 말했다. 선수와 선미, 좌현과 우현을 돌아다니는 소녀 유령처럼, 뜨거운 해가 어지럽게 일렁였다. 한은 해가 눈을 찔러 잠시 아득함에 눈을 감았다. 눈을 감기 전 흰옷을 팔랑이는 소녀를 본 것 같았다. 한은 눈을 뜨지 않고 숨을 몰아쉬었다.

헛것이다. 헛것.

한은 중얼거리며 눈을 떴다. 한은 소녀 유령이 누군지 알 것 같았다. 한의 생각에 이 우주선에서 죽은 사람들과 전혀 상관없는 소녀일 것이었다. 평생 한을 따라다니던 소녀였다. 한은 그 사실을 눈으로 확인하고 싶어서 밤에 와 볼까 하다가 마음을 바꿨다. 묘하게도 소녀 유령 다음에는 옆집 소녀가 떠올랐다.

신율이라고 했던가.

신율은 3년 전 한의 옆집으로 이사 온 소녀였다. 서울 사람이 카페를 차린다고 2층 양옥을 사서 공사할 때부터 한은 못마땅했다. 공사 소음도 요란했고, 작업하는 인부들이 드나드느라 집 앞도 소란스러웠지만, 무엇보다 신경에 거슬리는 건 그 여자아이였다. 한이 우주선 해체 작업을 시작하고는 한을 보기만 하면 졸졸 따라왔다. 한을 보고 뛰어올 때면 얼음을 띄운 커피를 들고 왔다. 한은 옆집 소녀 신율을 떠올리자 목이 말랐다. 저녁때 소녀를 볼 생각에 먹구름 같던 마음에 바람이 지나가는 기분이 들었다.

고개를 숙이고 있는 한의 눈에 신발이 보였다. 한은 고개를 들었다.

옴프라카시가 아니라 옴이라고 불러 줘

옴프라카시 미스트리였다. 옴프라카시는 소처럼 큰 눈을 반달로 만들며 웃었다. 한국어로 인사를 하고 고개를 숙이는 옴프라카시의 머리칼이 젖어 있었다. 급하게 머리를 감고 말리지 않은 모양이었다. 한은 옴프라카시의 주변을 보았다. 다른 인부들은 이제야 출입구에 들어서고 있었다. 오늘도 옴프라카시는 혼자였다. 한은 관리자로서 인부들을 관찰하며 알았다. 옴프라카시는 따돌림을 당하고 있었다. 한은 타국에 와서 따돌림을 당하고 있는 옴프라카시가 안타까웠다.

햇빛이 느릿느릿 걸어오는 인부들의 등을 밀어 주는 것처럼 그들의 뒤를 따라왔다. 인부들이 다가와 한의 앞에 섰다. 한이 30분 일찍 나온 것이 무색하게 시간이 흘러가 버린 것이다. 한은 아침부터 소녀 유령의 출몰을 지껄인 경비업체 직원의 얼굴을 다시 떠올렸다. 한은 한숨을 내쉬고 인부들을 통솔해 우주선 외부에 만들어 놓은 계단을 타고 올라갔다. 첫 번째 공간은 축구장처럼 넓고 녹이 슨 벽은 음산했다. 우주선 내부에 있던 물건들을 다 들어내고 나니 그냥 텅 빈 곳이었다. 창이 있던 자리가 넓게 뚫려 있었다. 막아 놓아도 되지만 한이 답답해서 그냥 둔 것이었다. 우주선이 운항할 때는 그 큰 창으로 우주의 별이 보였겠지만, 지금은 한이 사는 항구도시가 보였다. 성인이 우주선을 다 돌아보려면 두 시간이 걸렸다. 한은 인부들을 그곳에 세워 놓고 오늘 할 일에 대해서 말했다.

오늘 할 작업은 우주선 본체 해체 작업에서 생긴 폐기물을 운반할 통로와 계단을 보수하는 일이었다. 진상조사위원회가 먼저 들어와 조사할 때의 길은 임시였다. 몇몇 사람이 지나가고 정치인들이 지나가면 되는 길이었다. 그러나 쇠를 운반할 때는 무게가 달랐다. 작업자들은 철제 계단과 운반 길을 쇠를 용접해 만들었다. 낡은 쇠가 약해져 있어서 만들어 놓은 일부 길이 꺼져 내리는 곳도 있었다. 한이 생각하기에 이 작업은 안전이 최우선이었다. 사고로 사람이 죽어 나간 우주선에서 또다시 사고가 날 경우 책임의 무게는 만 톤을 넘어설 것이었다.

한은 두 명씩 팀을 짜기 위해 열 명의 사내들을 둘러보았다. 아홉 명의 사내는 자기들끼리 뭉쳐 있었고 옴프라카시는 그들과 거리를 두고 서 있었다. 몇 걸음의 거리가 영원처럼 멀어 보였다. 옴프라카시는 그들과 눈도 마주치지 않고 한만을 보고 서 있었다. 한은 옴프라카시와 눈이 마주쳤다. 한은 옴프라카시의 눈에 들어 있는 망설임과 외로움을 읽어 냈다. 혼자인 사람의 마음을 알 것 같았다. 자신이 옴을 데리고 일할 수도 있었지만 다른 인부와 한 팀으로 일하며 친해질 기회를 주고 싶었다. 한은 아홉 명의 인부 중에 순해 보이는 사람을 골랐다. 그가 절망의 탄성을 지르며 옴프라카시의 옆으로 왔다. 남은 여덟 사내가 야유를 보내자 한이 그들을 노려봤다. 그러자 아홉 명의 눈빛이 험악하게 한을 향했다. 뚫린 창으로 들어온 바람이 아홉 명의 인부들과 한의 사이를 지나갔다. 한이 좋아하는 땀을 씻어 주는 바람이었다. 한은 지지 않고 그들의 눈빛을 맞받아치면서 각자 맡을 위치를 가리켰다.

옴프라카시가 맡은 부분은 우주선의 선미였다.

우주선의 갑판과 선수, 선미 부분은 외부인의 눈이 있기에 사고 위험이 덜할 것 같았다. 낡은 우주선 안에는 떨어져 몸을 찢을 날카로운 쇠가 널려 있었다. 한은 아홉 사내에게서 옴프라카시를 보호하고 싶었다. 그러기 위해서는 될 수 있으면 한의 눈에 보이는 곳이 나았다. 한의 눈에 보이지 않는다면 타워 크레인 기사의 눈이라든가, 더 멀리는 높은 건물 외부인의 눈이 있는 곳이 나왔다.

인도인 인부들이 작업을 시작했다. 우주선을 해체할 때는 가스절단기로 쇠를 잘라 내는데, 오늘 작업은 쇠들을 이어 붙일 용접이 주로 할 일이었다. 쇠를 녹이는 푸른 불꽃이 사방에서 튀기 시작했다. 쇠가 타면서 불꽃이 번졌다. 매캐한 연기가 실내를 채우기 시작했다. 한도 작업을 시작했고 일에 집중하자 쇠를 녹이는 가스가 주변을 가득 채웠다. 한은 비로소 머릿속을 시끄럽게 하던 소녀 유령의 소문을 잊을 수 있었다. 한이 쇠를 이어 붙이는 작업을 막 끝내고 용접기를 멈추었을 때였다.

선미 쪽에서 뭔가가 떨어지는 소리가 들렸다. 한은 정신이 번쩍 들었다. 한은 숙이고 있던 몸을 일으켰다. 한이 일하던 곳은 선미의 바로 아래였다. 한은 계단을 밟고 오르기 시작했다. 숨이 턱에 차서 갑판으로 올라간 다음 선미로 뛰었다. 옴프라카시가 쓰러져 있었다. 옴프라카시는 입술을 악물고 신음을 참고 있었다. 옴프라카시의 발목에 쇠가 찢고 간 흔적이 있었다. 다행히 상처는 커 보이지 않았다. 선미 부분은 갑판이라 위에서 떨어질 쇠는 없었다. 작업하던 누군가가 옴프라카시를 향해 던졌거나 옴프라카시를 밀쳤을 가능성이 있었다.

-왓?

한이 고함을 질렀다. 한은 옴프라카시의 얼굴을 보았다. 옴프라카시와 함께 일하던 동료가 화를 냈다. 자신에게 용접 불꽃이 튀었다고 소리를 질렀다. 인도어로 욕을 하면서 검지로 하늘을 가리켰다. 신을 가리키는 손짓인 듯했다. 순간 옴프라카시의 눈에 힘이 들어가는 것을 한은 느꼈다. 다른 인도인들이 뛰어왔다. 그들은 욕을 퍼붓는 사내 옆에 서서 옴프라카시를 노려봤다. 그들의 손에 들린 용접기와 공구들은 싸움이 나면 살해 흉기였다. 옴프라카시가 자신의 언어로 무언가를 말했다. 그러자 되는대로 욕을 퍼붓던 소란스러움이 사라졌다. 그 자리에 쇠를 녹일 듯한 살기가 치고 들어왔다. 살기는 옴프라카시와 아홉 사내 사이를 팽팽히 채웠다. 그 순간에는 이들을 향해 불어온 바람조차 뜨겁고 끈끈했다. 용접 작업 중에 만들어진 타 버릴 듯한 열기에 살기가 더해졌다. 옴프라카시의 기세도 만만치 않았다.

그들 중 누군가 한 발자국만 움직여도 싸움이 시작될 것이었다.

한은 아침부터 사나웠던 일진의 마무리를 짓듯 무언가 해야 했다. 한이 한 행동으로 싸움은 더 커질 수도 있었다. 그러나 이들의 싸움을 멈출 수 있는 것도 한이었다.

한은 가지고 있던 쇠막대로 낡은 우주선 선체를 있는 힘껏 쳤다. 우주선 내부에서 바닥으로 떨어지는 부식된 쇳조각들의 날카로운 소리가 파편처럼 들렸다. 죽음에 대한 긴장감에 살

기마저 얼음처럼 굳었다. 쇠막대를 뚫린 창으로 던졌다. 쇠막
대가 선체 밖으로 날아갔다. 옴프라카시의 기세가 수그러들었
다. 옴프라카시는 눈을 내리깔았다.

한은 옴프라카시에게서 '죽으면 죽으리라'라는 느낌을 받
았다.

타국의 작업장에서 어이없는 순교자의 분위기라니. 인도인
들이란. 한은 이 상황이 기가 막혔다. 나머지 사내들은 진짜 죽
일 기세로 이를 갈았다. 이들의 사이가 처음부터 나빴는지, 중
간에 어떤 사건이 있었는지 모르지만, 한은 끝까지 싸움을 말
려야 했다. 이곳은 희생자가 수백 명 나온 우주선이었다. 작업
자들의 난투로 사람이 죽어 나간다면 유가족과 언론이 한을
가만두지 않을 것이다.

-무식한 새끼들. 이랑께 느그들이 하층민 소리를 듣지.

한은 투덜거렸다. 그들은 한국어 알아듣지는 못했다. 단
지 옴프라카시에게 향하던 살벌한 눈빛이 한에게 옮겨졌다.

-막돼먹은 것들.

한은 다시 한국어로 중얼거렸다. 한은 매운 눈빛으로 그들
을 노려봤다. 식은땀이 났지만 겁먹은 것을 들키지 않으려고
악을 썼다. 그들의 기세에 눌리면 앞으로 작업장은 지옥이 될
것이었다.

-이프 컨티뉴, 유 백 투 유어 컨트리, 아이, 브링 아덜.

한이 으름장을 놨다. 사내들은 정신이 돌아온 것처럼 눈에서 힘을 풀었다. 안전모를 벗고 떡이 된 머리를 긁적이던 한 사내는 누런 이를 드러낸 비굴한 웃음을 흘렸다. 까무잡잡한 얼굴에 검고 큰 눈으로 미소를 짓자 사내는 순진무구해 보였다. 살인이 일어날 것처럼 험악하던 조금 전 상황이 거짓말 같았다.

한은 속으로 한숨을 내쉬었지만 겉으로는 표정을 풀지 않았다. 한은 자신이 늙었다는 사실을 인정했다. 젊을 적 같았으면 웃통을 벗고 욕지거리를 내뱉으며 성질을 부렸을 것이다. 그들의 기를 눌러 놓으려고 있는 대로 화를 냈을 것이다. 그러나 등에 식은땀이 난 한은 목이 말랐다. 눈앞이 흐려지면서 어딘가 앉아서 쉬고 싶다고 생각했다. 누군가를 밑에 두고 일을 해 나간다는 것이, 말이 통하지 않는 외국인 노동자 사내들 열 명을 두고 한다는 것이, 불안하고 숨이 가빴다. 한은 빨리 이 우주선을 조각내야겠다는 다짐을 다시 했다. 이 우주선이 오지 않았으면 이런 인간들도 새안시에 들어오지 않았을 테니까.

한의 눈치를 살피던 사내들이 제자리로 돌아갔다. 계단을 내려가는 그들의 발소리가 멀어지자 한은 바닥에 주저앉았다. 한은 뒷주머니에 꽂아 두었던 수건을 꺼내 땀을 닦았다. 소녀 유령이 돌아다닌다는 자리가 그즈음일 것 같았다. 한은 물을 마시고 바닷바람을 맞으며 그 자리에 한참 서 있었다.

작업이 끝나고 한은 옴프라카시를 불렀다. 다른 사내들이 돌아가며 옴프라카시를 한 번씩 노려봤다. 한과 옴프라카시는 창처럼 뚫린 곳에 앉아 항만을 바라보았다. 바닷바람이 시원했다. 한의 마음이 누그러졌다. 한은 옴프라카시에게 물었다.

-괜찮은가.

옴프라카시는 크고 깊은 눈으로 한을 응시했다. 한의 의도를 파악하려는 것 같았다. 옴프라카시는 저녁노을이 붉게 내려앉은 바다로 눈을 돌렸다. 한은 계속 영어로 이야기했다.

-걱정돼서 그런다.

한이 옴프라카시의 어깨를 토닥였다. 한이 다독이듯 말을 이었다.

-옴프라카시, 너 진짜 괜찮은 거니?

한은 옴프라카시에게 물어 놓고 이 말을 누군가에게 들었던 순간이 떠올랐다. 그날 한은 울고 있었다. 옴프라카시도 마음속으로 울고 있지 않을까. 한은 짐작해 보았다. 한은 구급상자를 가져왔다. 한은 옴프라카시의 다리 상처를 소독하고 붕대를 감았다. 옴프라카시의 몸에서는 그 나라 사람 특유의 강황 냄새가 났다. 한을 바라보는 옴프라카시의 눈빛이 젖어 들었다. 옴프라카시는 한에게 감동한 듯 보였다. 옴프라카시는 잠시 눈을 감고 알아들을 수 없는 말을 중얼거렸다. 한이 듣기에는 신에게 기도하는 것 같았다.

-나 비밀 있다.

옴프라카시가 서툰 한국어로 말했다. 한은 긴장해서 인상을 찌푸렸다. 옴프라카시는 망설이다가 가슴 속에 품고 다니던 천 조각을 꺼냈다. 처음에는 고운 비단이었을 테지만 때에 절어 거뭇했다. 옴프라카시는 그 천 조각을 소중하게 펼쳤다. 그 안에는 포도알처럼 까맣게 빛나는 눈을 가진 아기 사진이 있었다. 커다란 두 눈이 옴프라카시와 한을 향해 있었다. 한은 감동해서 사진을 쓰다듬었다. 옴프라카시가 사진을 한에게 내밀었다.

-다른 사람들 모른다. 나 결혼했다. 이 베이비 내 딸이다.

한은 비밀이라는 말에 내심 긴장했다가 마음이 놓였다. 실없는 놈. 별로 비밀처럼 느껴지지 않는데 옴프라카시에게는 소중한 비밀 같았다. 한은 휴대폰으로 아기의 사진을 찍었다.

-아이가 아픕니다. 심장이 좋지 않아서 수술해야 합니다. 내가 이 나라까지 일하러 온 이유입니다. 우리나라에서는 돈을 구할 방법이 없습니다. 아이만 생각하면 여기가 찢어지는 기분입니다.

옴프라카시가 자신의 심장 부위를 가리키며 영어로 말했다.

-옴이라고 부른다. 내 친구들. 옴이라고 불러라. 부장님아.

한은 '친구'라는 단어를 말하는 이 외국인 사내에게 친근감을 느꼈다. 옴프라카시는 한이 고향을 떠나올 즈음의 나이였다. 외모는 폭삭 늙어 보였지만, 젊은 나이였고 한창때였다.

　-그래, 옴. 앞으로 옴이라고 부르지. 옴, 나는 자식이 없어. 아내도 없고. 옴은 행복한 사내야. 옴, 근데 반말 들으니까, 기분이 안 좋네. 그냥, 영어로 말해.

　옴은 웃으며 고개를 끄덕였다.

　-신이 저를 축복하셨습니다. 저는 예쁜 아내도 아이도 있습니다. 아이를 살려야 합니다. 그러니까, 제 걱정은 하지 마십시요. 저 사람들이 저를 괴롭혀도 괜찮습니다. 일을 할 수 있고, 돈을 벌어 아이를 살릴 수 있다면, 다 참을 수 있습니다.

　한은 옴을 바라보며 자신의 젊은 날을 떠올렸다.

신율

한은 골목이 좁아서 트럭을 집 앞에 세우지 못했다.

오늘도 신율이 건네는 일회용 플라스틱 컵을 집어 던지고 저녁에 산책 나와서 슬그머니 집어 갈 작정이었다. 현장에서 일하다 보면 노동자가 치명적으로 다치거나 죽었다. 말하기 좋아하는 사람들은 독하게 굴다가 골로 갔다고들 했다. 한은 그 말이 무서웠다. 그러나 속없이 들이대는 여자아이는 더 무서웠다.

-깡다구가 있당께. 징하게 아주.

골목을 걸어 올라가며 한은 중얼거렸다. 혼잣말은 혼자 살면서 든 버릇이었다. 한의 눈에 카페의 벽이 보였다. 카페 이름을 곱게 새기고 그림도 그려 놓았다. 우주선 모형이 놓인 의자도 보였다. 저것이 그 우주선이구먼. 한이 그 우주선을 인식한 것은 그날이 처음이었다. 그동안 그 우주선이 거기 놓여 있다는 것을 모르고 있었다. 신율에게 화만 내느라고 주변을 살피지 않았다. 그때 카페 안에서 뭔가가 톡 튀어나왔다.

-할아버지, 오늘 일찍 퇴근하셨네요.

까무잡잡한 얼굴에 검은 곱슬머리 소녀가 서 있었다. 동그란 눈에 웃음이 맺혀 있었고 검은 눈동자 안에 늙은 한의 모습이 들어 있었다. 한은 반가우면서도 또 퉁을 놓으려고 입을 달싹였다.

-오늘 작업은 어떠셨어요. 그 우주선에 대해서 듣고 싶어 죽겠어요.

한이 말을 하려는데 신율은 뒤로 돌더니 뛰어갔다. 반바지를 입고 삼선 슬리퍼를 신은 다리가 마당을 가로질러 사라졌다. 소녀의 목소리만 빈 마당에 울렸다.

-잠깐만 기다리세요.

한의 눈앞이 유독가스에 가려진 듯 뿌옇게 흐려졌다.

시원.

한은 톡 튀어나온 이름을 입안에서 굴렸다. 애써 잊고 살던 이름이었다. 한이 번번이 신율이한테 화를 냈던 것은 전혀 닮지 않았는데도 다른 소녀를 떠오르게 해서였다. 한은 오늘에야 그 사실을 깨달았고 적잖이 당황했다. 당황한 나머지 소녀가 기다리라는 자리에서 한 걸음도 움직이지 않고 기다렸다. 이 카페의 마당에서는 항만과 다른 계절이 흐르고 있었다. 항만에서는 따갑던 햇볕이 이곳에서는 부드럽고 따뜻한 고양이 털 같았다. 카페 마당에 심은 감나무에 노란 꽃이 피어 있었다. 붕붕거리며 벌들이 날아들어 제 할 일을 했다. 한이 좀 전까지 몸담고 있던 지옥이 이곳에는 없었다.

－오미자차 드세요. 얼음이 시원해요.

소녀가 나타나서 일회용 플라스틱 컵을 내밀었다. 빨대가 꽂혀 있었다. 한은 그날의 화를 식히고, 이 상황에서 벗어나기 위해 시원한 것이 당겼다. 입안이 바짝 말라 있었다. 한에게 내민 소녀의 손이 가늘게 떨렸다. 또 화를 내고 내칠까 겁을 집어먹은 눈치였다. 한은 조금 마음이 놓였다. 한은 새콤하고 달고 시원한 오미자차를 단숨에 마셨다. 빨대가 바닥을 빠는 소리를 내고야 한은 멈추었다. 몸에 피가 도는 기분이 들었다. 한은 다 마신 일회용 플라스틱 컵을 손에 쥐고 멍하니 서 있었다.

－머시 그라고 궁금하다냐.

한의 물음에 소녀의 표정이 밝아졌다.

－와, 드디어 제가 드리는 오미자차를 드셨어요. 완전 영광스러운 날이네요.

소녀는 잠시 휴대폰을 만지작거렸다.

－저는 신율이예요. 저번에도 말씀드렸지만요.

한은 입으로 소리 내서 말했다.

-신율.

신율이 환성을 질러서 한은 또 당황했다. 여자아이들이란 역시 시끄럽다고 생각했다.

-와, 대박. 이제 제 이름도 불러 주시는 건가요?

한은 한숨을 내쉬었다. 한은 들고 있던 컵에서 얼음을 꺼내 입에 물었다. 이가 시렸지만 타는 입안이 시원해졌다.

-그래, 그 우주선이 어쨌다고?

한이 물었다.

-할아버지가 그 우주선 해체 작업을 하신다고 들었어요.

한이 얼음을 아작아작 씹었다.

-그라제.

신율이 말을 이었다.

-저는 그 우주선에 관해서 소설을 쓰고 싶어요. 그래서 할아버지가 인터뷰해 주셨으면 합니다.

음료수 한 잔에 바라는 것도 많구먼. 한은 얼음을 입에 더 집어넣었다.

-그리고 그 우주선에 들어가 보고 싶어요. 직접 관찰하고 냄새도 맡고 다 보고 싶어요. 하나하나 기록하려고요.

한은 들고 있던 컵을 던질 뻔했다.

-거가 놀이턴 중 아냐. 미쳤는갑다. 얼마나 위험한디.

신율은 정색하고 말했다. 웃음을 거둔 얼굴은 진지했다.

-위험해도 상관없어요. 각오하고 있거든요.

그 지옥을 저 말랑거리는 몸으로 들어가겠다고.

-잘못 들어가믄 죽어야.

신율이 다시 말했다.

-죽어도 좋아요.

한은 기가 막혔다.

-죽을라믄 곱게 죽어야. 남의 밥그릇에 들어와서 똥파리 마냥 빠져 죽지 말고. 소설인가 뭔가에 뭐 목숨까지 걸고 지랄이냐. 아나, 떡이다.

한은 서둘러 자신의 집 대문을 열었다. 신율이 한의 앞을 막으며 말했다.

-저는 언니가 왜 죽었는지 알아야겠어요. 언니가 어떤 마음으로 그날 그 우주선을 탔는지 나만 알아요. 저는 언니의 죽음을 밝혀내야겠어요.

한은 신율이를 노려보며 말했다.

-그 일이 벌써 7년 전에 일어났당께. 학생 말은 알겠지만, 그 우주선 안에 뭐가 남아 있지도 않당께. 다 지나간 일에 매달리는 것도 못난 짓이랑께. 학생은 학생대로 할 일 하게. 난 그 불구덩이 속으로 못 데고 들어강께.

한은 대문 안으로 냉큼 발을 들였다. 몸이 부들부들 떨렸다.

-아따, 어린것이 징하구만. 새안시 사람들 욕하지 말게. 우리도 저것이 짐이고 좋지만은 않응께. 내 맴이 새안시 사람 맴이여. 알았는가?

한은 신율이 서 있을 대문 밖을 향해 외쳤다. 지독한 하루였다. 한이 현관으로 발을 들이자 고양이가 다가와 한의 발치를 맴돌았다.

-철없는 것한테 낚일 뻔했구먼.

한은 고양이한테 밥을 주고 일회용 컵을 씻었다. 행운목 한 뿌리를 물에 담그면서 오미자차를 받아 마시지 말아야겠다고 다짐했다. 앞뒤 안 보고 정의감에 불타올라 죽자고 덤벼드는 젊음이 부담스러웠다.

시원이 그랬던 것처럼.

-모하도로 이사가 부러야 쓰겄그만. 저 가시나 땜에.

한은 고개를 절레절레 흔들며 공구와 연장이 놓인 방에 들어가 녹슨 쇠를 닦기 시작했다. 갈고 닦을수록 날카로워지는 쇠는 살을 베기 충분했다. 탁자에는 현재 해체 작업 중인 우주선의 설계도가 놓여 있었다. 한은 우주선의 설계도를 보다가 아침에 경비 녀석이 말했던 소녀 유령이 다시 생각났다. 한은 공구를 닦던 천을 던지고 일어났다. 무릎에서 자고 있던 고양이가 놀라서 우는 소리를 냈다. 한은 고양이를 쓰다듬은 다음 대문을 나섰다. 한의 눈앞에 불을 밝히고 있는 동네가 펼쳐졌다. 한이 사는 곳은 새안시 신당동의 주택이었다. 한이 오래전 새안시로 왔을 때, 이 동네에 주택은 많지 않았다. 한이 이곳에 자리를 잡은 이유는 집값이 싸고 항만과의 거리가 멀지 않아서였다. 새안시로 오기 전에 한은 고향 섬에 있었다. 도시에 있던 젊은 한이 고향으로 내려간 것은 소문에 시달려서였다. 고향에 돌아온 한을 또 한 번 흔든 것은 다른 사람을 돕다가 겪은 일 때문이었다.

소문의 발단은 지적장애가 있는 여자아이를 한이 도와주면서 시작되었다. 사내아이들이 지분거리는 것을 본 한이 사내아이들을 야단쳤다. 사춘기인 여자아이는 그때부터 한을 따르기 시작했다. 한은 여자아이가 안쓰러워 잘 대해 주고 가끔 먹을 것을 사 주었다. 한에게 야단을 들었던 사내아이들이 이를 보고 좋지 않은 소문을 냈다. 그 여자아이의 부모가 한에게 쫓아왔다. 한은 자신은 나쁜 짓을 하지 않았다고 말했지만, 젊은 한은 욕정에 불타는 사내로 보일 뿐이었다. 한은 자신이 고향으로 돌아온 이유를 그 여자아이의 부모에게 말했다. 여자아이의 부모는 한을 동정하고 돌아갔다. 여자아이의 부모가 입을 다물어 주길 바랐다. 그러나 아픈 딸을 키우면서 소문에 시달리던 그들은 한이 돌아온 이유로 딸의 소문을 덮었다. 한은 속에 불이 나서 잠이 오지 않았다. 한은 다시는 여자아이들 옆에 가지 않겠다고 마음먹었다. 그러자 이번에는 한에게 다른 소문이 붙었다. 동네 남자아이들이 한을 피했다. 한은 인간들이 다 싫었다. 그 누구도 믿고 싶지 않았다.

　-형님, 섬을 떠나믄 안 되겠소. 아내랑 애들이 힘들어서 난리랑께라. 나는 괜찮은디.

　동생 열이 찾아와 말했다. 한은 부모를 한꺼번에 잃고 나서 열의 가족이 한의 가족이라고 여기면서 살았다. 한은 실망감과 서운함에 열의 가족이 싫어졌다. 한은 아는 사람이 아무도 없는 곳에 가서 살고 싶었다.

　한은 새안시에 와서 살기 시작하면서 항만의 하역장에서 일을 시작했다. 조선소가 생기자 그곳에서 자리를 잡았다. 시간이 지나 조선소에서는 젊은 노동자만 찾았다. 나이 든 한은 가장 힘든 일인 선박 해체 기술을 익혔다. 일은 많지 않았다. 낡은 우주선을 해체하기 시작하면서 일이 다시 생겼다. 선박 해체나 우주선 해체나 비슷한 작업이었다. 거대하고 낡고 녹슨 쇳덩어리를 조각내는 일이었다. 우주선 외부는 기계를 사용하기도 했지만, 우주선 내부 해체에는 사람이 꼭 필요했다. 로봇이나 기계보다 싼 인력으로 그 일이 넘어갔다. 가난한 나라의 노동자들은 선박 해체든, 우주선 해체든 돈을 주면 다 했다.

　우주선 해체 작업은 주로 인도나 파키스탄, 방글라데시의 저임금 노동자들이 도맡아 했다. 한은 그들에 관한 다큐멘터리를 찾아봤다. 종일 불과 유독가스 속에서 가스절단기로 녹

슨 쇠를 자르면서 그들이 받는 돈은 2달러였다. 맨발의 그들은
가난한 북쪽 도시에서 배고프지 않기 위해 해안까지 와서 쇠
를 자르는 일을 했다. 우주선 한 척을 해체하는 데 그들이 들이
는 시간은 한 달 반 정도였고, 열 명의 사내가 가스절단기와 도
르래, 쇠줄, 낡은 연장으로 2만 톤급 우주선을 잘라냈다. 안전
모나 고글도 없이 일하다 죽어 나가는 해체공만 한 달에 열 명
이나 된다고 했다. 더 많이 죽을 수도 있다. 가난의 자리에는
정확한 숫자가 존재하지 않으니까.

우주선 해체라는 것은 그런 일이었다. 일용직으로 평생 살
아온 한이 마지막에 할 수 있는 일이었다. 한은 일할 기운이 있
었지만, 쇠를 운반해야 하는 현장에서는 노인이었다.

한은 신당동 동네에 새로운 집이 들어서고 길이 넓어지고,
마트나 편의점이 들어서는 동안 그의 집에서만 살았다. 단층
에 방이 두 개이며 거실과 주방이 있는 30평대의 단조로운 공
간. 그 안에서 한은 텔레비전을 보고 밥을 해 먹고 고양이를 기
르며 살았다. 한이 익히려는 기술에 관련된 낡은 서적이 몇 권
책장에 꽂혀 있었다. 안방에는 이부자리가 펴져 있었고 다른
방에는 각종 공구가 걸려 있었다. 한의 유일한 취미는 녹슨 공
구나 현장에서 버리는 연장들을 가져다가 닦고 기름칠해 새것
처럼 만드는 일이었다.

어둑한 시간 집을 나선 한은 몇 걸음 걷다가 신율이네 카페를 들여다보았다. 언제든 신율이 튀어나올 것 같아 조마조마했다. 한은 자신도 모르게 발소리를 죽이고 카페 앞을 지나 트럭으로 향했다. 한은 소녀 유령을 마주하고 싶지 않았다. 그저 소녀 유령이 없다는 것을 증명하고 싶었다. 내일 경비업체 녀석을 또 마주한다면 헛소리하지 말라고 큰소리쳐 주고 싶었다. 작업장에 도착한 한은 야간 경비직원과 마주치기 싫어서 출입구와 먼 곳에 트럭을 세웠다. 한은 트럭에서 내려 주머니에 손을 찔러 넣고 우주선을 건너다봤다. 그때 한의 트럭에서 누군가가 톡 뛰어내렸다. 한은 놀라서 심장이 멎을 뻔했다.

－밤중에 여긴 왜 오신 거예요, 할아버지?

신율이 싱긋싱긋 웃으며 한을 향해 다가왔다. 한은 변명거리를 찾느라 굳어진 머리를 굴렸다. 한은 오미자차를 받아 마신 것을 후회했다. 세상에 공짜란 없는 법이니까.

심심해서 죽을 수도 있어

나는 죽어 가고 있다. 심심해서. 너무너무 심심해서. 매일 죽어 가고 있다.

신율은 한의 트럭에서 뛰어내렸다. 한이 재활용 쓰레기에 버린 노트를 발견하지 않았다면 신율은 심심해서 이미 죽었을지 모른다. 한을 쫓아다니고 커피나 오미자차를 들이밀고 우주선 안에 들여보내 달라고 들볶으면서 심심함을 달랬다.

신율은 자신을 발견하고 놀라는 한의 얼굴을 보자 배 속에서 웃음이 올라왔다. 매일 하교 후 언니한테 무슨 이야기를 하면 재미있을까, 오늘은 뭘 하면 재미있을까, 궁리하던 여덟 살 때로 돌아간 기분이었다. 한이 카페 앞을 고양이처럼 살그머니 지나갈 때부터 신율은 기대감에 차 있었다. 한을 몇 달째 들볶던 끝에 한이 오미자차를 받아 마신 날이었다. 신율은 삼선 슬리퍼를 신고 발소리를 죽여 한을 따라갔다. 어둠 속에서 누군가의 뒤를 밟는 일은 짜릿했다. 언니가 죽은 후, 아무도 신율과 말하려 하지 않았다. 엄마나 SNS 팔로워들은 신율이 내내 슬퍼한다고 생각했지만, 신율은 뼛속까지 심심했다.

사람이 심심하고 무료해서 죽을 수도 있겠다고.

방법도 몇 가지 생각해 놓았지만 엄마 때문에 망설이고 있던 차였다. 옆집에 사는 한이라는 노인을 발견하고 관찰하면서 신율은 사는 게 재미있어졌다. 다저녁때 트럭에 올라타서 시동을 거는 한을 보고 짐칸에 숨어들었다. 바람을 가르고 트럭이 달리자 가슴이 뚫리는 것처럼 시원했다. 항구도시의 구석구석 밴 갯내가 짙어진다고 느꼈을 때 트럭은 항만에 멈추었다. 한은 트럭에서 내린 다음 낡은 우주선을 건너다봤다. 짐칸에 숨어 있던 신율은 답답해서 트럭에서 내렸다.

-니가 왜 거그서 나온다냐?

한이 놀라서 뒷걸음쳤다. 유령이라도 본 표정이었다. 신율은 웃음을 터트렸다. 한이 화를 내고 나무라도 무섭지 않았다. 겉으로 보기에는 칠십 먹은 깐깐한 노인이지만 신율은 노트 속의 겁쟁이 한을 알고 있었다. 세상 만만하고 조금 멍청한 섬 출신의 사내 말이다.

-지금 저 우주선에 가려고 오신 거 아닌가요?

신율이 묻자 한은 말문이 막혀서 눈을 굴렸다.

-너는 가시나가 이 밤에 무섭도 안 하냐? 너는 내가 안 무섭다냐?

한이 대답 대신 겁주듯이 나무랐다.

-오미자차는 어떠셨어요?

신율은 말을 돌렸다. 항만의 구석에 있을지도 모르는 불량 배들이 떠올랐다. 바다에는 잔별처럼 배들이 불을 밝히고 떠 있었다.

-오매, 오매. 지금 오미자차 한 잔 멕여 놓고, 찻값 내놓으라는 소리냐?

한이 고개를 내저었다. 신율은 말을 돌리려고 물어봤을 뿐인데 오해를 한 것 같아서 답답했다. 한이 양팔을 접어 팔짱을 끼고 신율이를 바라봤다. 신율은 그 눈빛이 처음부터 좋았다. 도시에서 신율을 보는 친구들과 어른들과는 다른 눈빛이었다. 신율의 까무잡잡한 얼굴이나 눌린 코는 한국 아이들과 미세하게 달랐다. 그 눈들은 신율을 한참 훑고 나서 '아, 이 아이는 우리랑 다르구나'라는 결론을 내리고 동정하는 눈빛으로 신율을 내려다봤다. 쉽게 다가설 수 없는 그 눈빛은 신율에게 언제나 상처를 주었다. 열등한 다른 종족을 보는 듯한 그 눈빛 후에는 침묵이 약 3초간 지나갔다. 신율은 자라면서 그것이 무엇인지 깨닫게 되었다. 편견이었다.

신율은 그들과 구분되는 것이 외로웠다. 따뜻한 눈빛으로 바라보던 언니가 그리웠다. 한이 신율을 보는 눈은 언니의 눈을 떠오르게 했다.

-곱게 생겨 갖고 징하구만.

한은 욕을 하고 막말을 하고 컵을 던져도 눈빛만은 달랐다. 신율은 한이라는 노인 앞에서는 언니의 죽음을 겪고 상처받은 아이로 행동할 수 있었다.

-할아버지, 그거 아세요? 저 우주선에서 유령이 나온다는 소문이 있어요.

도끼눈을 뜨던 한의 눈이 동그래졌다. 마음을 들킨 것처럼 낯을 붉히다가 헛기침을 했다.

-먼 헛소리다냐.

한이 눈을 깜빡이자 신율은 한이 그것 때문에 왔다는 것을 짐작했다. 신율은 장난기가 발동해서 말했다.

-저랑 저 우주선에 들어가서 확인해 볼까요? 진짜 유령이 있는지?

한은 우주선을 흘끔 바라봤다. 소녀 유령이 있다면 마주하고 싶지 않았다. 유령 이야기가 나오자 등골이 오싹했다. 우주선에 들어가 열기와 노동은 견디면서 정작 소녀 유령은 두려웠다.

-헛소리 작작 하랑께. 저 안이 얼마나 위험한지 알고 그라

냐? 안전모 없이 들어갔다가는 무슨 일이 날지 몰라야. 니가 들어가서 안을 들여다본다고 사고 원인이 딱 보이는 것도 없을 것이고. 못이랑 녹슨 철이 막 떨어진당께.

신율이 정색하고 말했다.

-그럼, 이 밤에 왜 여기까지 오셨어요? 그것도 출입구가 아니라 이런 뒷구멍으로요.

한은 대꾸할 말을 골랐다.

-기냥. 밤에 잠도 오지 않고 한께. 산책 나왔당께.

신율이 고개를 끄덕였다. 신율은 모기가 무는지 종아리를 찰싹 때리고 긁었다.

-산책이면 저도 같이해요. 제가 할아버지 지켜 드릴게요.

신율은 트럭으로 가더니 막대기를 손에 쥐었다. 한은 어린 소녀가 하는 짓이 어이가 없어서 피식 웃음이 났다. 열 명의 사내들이 용접기와 연장을 들고 살기를 내뿜던 것이 떠올랐다. 가난은 사람을 비참하게도 만들고 징그럽고 잔인하게도 만든다고, 그렇게 바닥에서 살아왔고 살아가고 있는 한은 그들을 보며 생각했다. 그런데 귀여운 소녀가 한을 지키겠다고 나서자 낮의 사건으로 내내 굳어 있던 마음이 풀렸다. 든든하진 않지만 따뜻했다.

-그놈으로 동네 귀신은 다 잡겠구만.

한이 웃으며 농담을 하자 신율은 이때다 싶어서 말했다.

-그럼, 펜스 문 쪽으로 먼저 뛰어갈게요. 따라오셔서 문 열어 주세요.

신율은 말을 끝내자마자 펜스 문을 향해 뛰기 시작했다. 한은 뒤통수를 얻어맞은 기분에 망연히 서 있다가 신율의 뒤통수를 보며 따라 뛰었다.

-거기 서랑께. 아따 내가 저 가시나랑 말을 섞는 게 아니었는디.

신율은 한참을 뛰다가 뒤를 돌아보았다. 한이 쫓아오고 있었는데 숨찬 모습이 보였다. 신율은 이렇게 신이 났던 게 언젠가 싶었다. 다시 살아난 기분이었다. 엄마가 이 항구도시로 내려가 살겠다고 했을 때, 세상에서 버려지는 기분이었다. 신율은 웃다가 낡은 우주선을 건너다보았다. 다시 웃을 수 있을까, 웃는 것도 죄가 아닐까, 자책하던 일이 떠올랐다. 신율은 웃음을 그쳤다. 언니 유령이라도 우주선에서 걸어 나오면 좋겠다고 생각했다.

-아따, 가시나야. 열쇠 안 가져왔당께. 그만 좀 뛰랑께.

한이 숨을 쌕쌕 내쉬며 말했다. 신율은 침울해져서 말했다.

-열쇠 가져오셨으면 저 데리고 들어가실 생각은 있으셨어요?

신율이 묻자 한은 고개를 저었다.

-위험하당께. 언능 집에 가자. 내가 태워다 줄 텡께.

신율은 대답 없이 한의 트럭을 향해 걸었다. 달빛이 바다을 환하게 비췄다. 가로등이 켜진 바닷가에서 파도 소리가 들렸다. 한은 신율을 따라 걸으면서 내가 다시는 오미자차를 받아 마시나 봐라, 다짐했다. 두 사람은 트럭에 탔다. 한은 열쇠 뭉치에서 차 키를 골라 시동을 걸었다. 신율이 열쇠 뭉치에 시선을 고정하는 것을 모른 채 한은 트럭을 출발했다. 새처럼 지저귀던 신율이 말이 없자 한은 신율의 눈치를 살폈다.

–느그 엄마는 아냐? 너 이러는 거.

신율이 고개를 저었다.

–낡은 우주선에 집착한다고만 생각하세요.

한이 대답했다.

–내가 봐도 집착하는디. 암것도 없어야. 저 안에. 녹슨 쇠만 있제.

신율은 한을 이해할 수 없었다. 녹슨 우주선 안을 보여 주는 일이 뭐 그렇게 큰일이라고 그럴까.

–왜 다른 어른들처럼 저에 관해 묻지 않으세요?

신율은 질문해 놓고 괜히 했다고 후회했다. 그냥 이 노인의 눈에는 내가 남들과 다른 것이 안 보이는지 모른다. 용접하는 일을 하니까 다른 노인들보다 노안이 더 심하게 와서 눈이 잘 안 보일지도 모르지. 신율은 이렇게까지 자학하는 자신이 싫었다. 늘 그런 눈빛을 받다 보니 스스로 편견의 늪에 빠져 허우적거리고 있는 건지도 몰랐다. 의식하지 않으면 언젠가 사라질지 모르는데. 신율은 한의 대답을 기다리지 않고 창밖으로 고개를 돌렸다.

신율은 언니를 잃고 그 우주선에 집착하는 일이 다른 사람을 불편하게 할지 몰랐다. 처음에 사람들은 그 일을 슬퍼했다. 그러나 해가 지날수록 그 일을 입에 올리는 신율을 피했다. 친구들은 신율이 이상한 아이라고 수군댔다. 잊어야 할 일을 쑤시고 다닌다고 손가락질했다. 때론 거짓말을 하는 아이라고도 했다. 그 일이 없었던 것처럼 말하기도 했다.

-나 같은 노인네랑 이러고 다니는 거 남들 눈에는 안 좋게 보잉께. 앞으로는 이라지 마라. 알았제. 느그 엄마 걱정한당께.

한이 신율의 머릿속 잡념을 깨면서 말했다. 신율은 자신이 가진 편견과 한이 가진 편견 사이를 가늠했다. 한에게는 남들과 다르게 살아온 사람에게서 느껴지는 외로움이 있었다. 어쩌면 그 외로움 때문에 이 노인은 신율을 달리 보지 않는 것이라는 짐작이 들었다. 이 노인과 친구로 지내고 싶었고, 옆에 있으니 마음이 놓였다. 계속 오늘 밤처럼 심심하지 않을 것 같았다.

-엄마 걱정은 하지 마세요. 근데요, 할아버지.

신율이 한의 옆얼굴을 보며 말했다.

-저는 꼭 우주선에 들어가고 싶어요. 언젠가는요.

한이 한마디 더 하려는 것을 신율이 막고 말했다.

-저 편의점에서 살 거 있어요. 저 앞에서 내려 주세요.

한이 트럭을 멈추었다. 신율이 내려서 걸어가자 한은 뒤통수에 대고 외쳤다.

-밤길 조심하고 댕겨라. 어린 애기가 싸돌아다니지 말고 언능 들어가고. 세상 무섭당께.

신율은 한을 보며 배시시 웃고 걸었다. 신율은 한과 말만 섞으면 이상하게 웃음이 났다.

신율은 편의점에 들러 컵라면을 샀다. 편의점에서 일하는 여자아이는 신율과 눈을 마주치지 않았다. 이 항구도시로 온 것은 3년 전이었다. 엄마는 외국인 노동자가 많은 도시에서 살면 신율이 편할 거라고 생각했었고 그 도시에서 상처를 받자 이곳을 선택했다. 지방의 항구도시에는 다문화가정이 많아서 외롭지 않을 거라고 판단했던 것이다. 그때나 지금이나 신율은 친구가 없었다. 그때는 그 우주선도 이 항구도시에 오기 전이었다. 우주선은 이곳에서 한 시간 떨어진 섬에 방치되어 있었다. 신율 엄마는 우주선 가까운 지역으로 가서 살자고 신율을 설득했다. 신율네가 이곳으로 오고 나서 석 달 후에 우주선이 이 항구도시로 오더니, 신항만에 자리 잡았다. 신율에게는 운명처럼 여겨졌는데, 이 항구도시의 아이들도 신율을 좋아하지는 않았다. 3년 내내 아무도 신율에게 말을 걸지 않았다. 그것은 중학교에 다니는 지금도 비슷했다. 신율은 컵라면을 들고 집을 향해 걸었다. 엄마는 책과 차를 팔면 사람들이 올 거라고 말했다. 그러나 책이 있어서 사람들은 차를 마시러 오지 않았다. 도시에서 여행 오는 사람들은 책 앞에서 사진만 찍고 차를 마시지 않고 가 버렸다. 엄마의 카페는 늘 적자였다. 신율네가 집주인이라서 월세 걱정은 없었기 때문에 최대한 생활비를 적게 쓰는 것으로 버텼다. 얼마나 더 버틸 수 있을지는 모를 일이었다. 신율은 카페 앞에 놓인 모형 우주선을 보았다. 그 우주선이 이 도시에 활력을 주고, 엄마의 책들과 커피가 잘 팔리는 날이 과연 올지 모를 일이었다.

그나마 옆집에 한이 있어서 신율은 버틸 수 있었다. 심심하지 않았다. 나이 많은 친구가 생길지도 몰랐다. 신율은 옆집을 건너다보았다. 한이 집에 들어갔는지 불빛이 보였다. 한의 집 근처에 낯선 남자가 서 있었다. 어둠 속에 서 있는 남자는 얼굴이 보이지 않았다. 그러나 옷차림이나 몸짓이 외국인 노동자로 보였다. 신율은 그 사내가 위험한 사람인가 곁눈으로 가늠했다. 몇 걸음 다가가자 그 사내의 눈이 보였다. 검고 동그란 눈으로 한의 집을 보는 사내는 우호적인 눈빛이었다. 다른 사람의 시선에 시달리는 신율이라 금방 읽어 낼 수 있었다. 그 사내는 신율이 자신을 보는 것을 깨달았는지 자리를 떴다.

신율은 컵라면에 뜨거운 물을 부어 마당의 탁자에 앉았다. 신율은 방에서 가지고 나온 낡은 노트를 펼쳤다. 노트 안에 들어 있는 젊은 한은 신율처럼 고군분투하고 있었다. 신율은 노트를 읽으며 라면을 후루룩 빨아 먹었다. 간혹 동네 개가 짖는 소리가 들렸다. 항구도시의 밤이 향기롭게 다가왔다.

우리는 친구입니까?

한은 신율이 내밀던 커피와 오미자차를 던져 버렸던 일을 사과하고 싶었다.

한은 처음으로 신율네 카페에 들어갔다. 신율은 없었고 신율이 엄마가 있었다. 머리카락이 은발인 중년 여인이었다.

-이 집 딸이 그동안 나한테 멕인 오미자차 값이오.

한은 돈을 내밀었다. 30만 원은 족히 되는 것으로 그간 한이 엎지르고 던지고 받아먹은 찻값을 합치면 그 정도는 될 성싶었다.

-어르신이 그 우주선 해체 작업하시는 분이군요. 제 딸이 무례하죠?

신율 엄마는 친절했다. 그녀는 오미자차에 얼음을 넣어 쓱 내밀었다.

-앉아서 편하게 드세요. 앞으로 주의하라고 할게요. 찻값은
오늘 치만 받을게요.

한은 남겨 주는 돈과 서비스 쿠키를 앞에 두고 앉았다. 카페
에 한 번도 들어오지 않았지만, 밖에서 볼 때도 잘 꾸민 집이라
는 생각을 했다. 한은 카페 안을 둘러봤는데, 서가에 책이 놓
여 있었고, 구석구석 장식한 책도 보였다. 책도 팔고 차도 파는
카페 같았다.

-도시에서나 할 것이지. 여그까지 내려와서는.

한은 중얼거리며 차를 마시다가 폭신한 의자에 기댔다. 창
밖으로 익숙한 한의 동네가 내려다보였다. 하늘은 푸르고 마당
의 패랭이꽃이 환했다. 한은 쿠키를 깨물다가 까무룩 졸았다.

-할아버지!

눈을 뜬 한은 벌떡 일어났다. 신율이 의자에 앉아 한을 보고
싱긋 웃고 있었다. 한은 테이블에 올려놨던 지갑과 열쇠 꾸러
미와 휴대폰을 챙겼다. 그때 휴대폰이 울렸다. 옴이었다. 한은
민망하던 차에 잘됐다 싶어서 큰 소리로 전화를 받았다.

-그려, 내가 밥이라도 사 줄라고 전화했제. 안 받고 뭐 했다
냐? 다리는 괜찮고?

옴은 다리는 멀쩡하다고 말했다.

-다리 다 나았으믄 내일 나랑 새안산에나 구경 갈래? 쉬는

날이라 숙소에만 처박혀 있을 것 같은디. 내가 밥도 사 주고 그 럴랑께. 그랴, 9시에 새안산 입구에서 보장께. 꼭대기 올라가 서 보믄 바다 풍경이 죽인당께. 그랴, 그랴. 널 보장께. 그랴, 새. 안. 산. 버스 타고 와라.

한이 통화를 끝내고 자리를 털고 일어났다. 신율이 싱글거 리며 서 있었다. 신율 엄마는 자리를 비우고 없었다. 한은 그동 안 건네는 차를 엎어서 미안하다고 사과하고 싶었지만 입이 떨어지지 않았다. 한은 헛기침만 하다가 문을 나섰다.

-감사합니다!

한의 뒤통수에 대고 신율이 외쳤다. 한은 서둘러 집을 향해 걸었다. 다시는 저 카페에 발을 들이지 말아야겠다는 결심을 했다. 저 또래의 소녀들은 자기들이 다른 사람의 혼을 빼놓는 다는 것을 모른다. 한은 대문을 닫으며 서두르다가 무릎을 찧 었다. 시큰했다. 칠십 평생 사용한 무릎관절에 자르르하니 통 증이 왔다.

-이만치 했으믄 됐겄제.

한은 무릎을 주무르며 중얼거렸다. 그동안 우주선 해체 작 업이 있는 월요일부터 금요일까지 신율은 경쾌한 걸음으로 뛰 어와 한에게 오미자차를 주고 갔다. 한은 오미자차를 받아 마 시며 화를 냈다. 배 속 깊이 숨겨 놓은 인간들에 대한 화가 올 라왔다. 특히 살갑게 다가오는 여자아이에게 화가 치밀었다.

왜 자꾸 화를 내느냐고.

누구도 묻지 않는 그런 화였다. 한은 화를 냈던 것을 사과하고 싶어서 찾아갔다는 것을 신율이 알아주길 바랐다.

다음 날, 한은 무릎을 주무르며 새안산 입구에 서 있었다. 옴이 헐떡거리며 걸어오는 게 보였다. 등산화가 없는 옴은 운동화를 신고 청바지를 입은 채였다. 한은 옴을 향해 손을 흔들다가 뒤에 따라오는 신율이를 발견했다. 한은 손 흔들던 것을 멈추고 몸을 돌렸다. 신율이 옴보다 먼저 뛰어와 한 앞에 섰다.

-저 왔어요. 할아버지.

-너는 안 불렀는디. 왜 왔다냐.

한이 입을 내밀고 중얼거렸다.

-저보고 따라오라고 그렇게 큰 소리로 통화하신 거 아닌가요? 그것도 한국말로요.

신율이 말해 놓고 깔깔 웃었다. 옴이 다가와서 한과 신율을 한 번씩 쳐다봤다. 오늘도 옴은 씻지 못한 듯했고 머리칼은 젖어 있었다. 한은 신율이 불편해하지 않는지 눈치를 살폈다. 그러나 신율은 옴이 있어서 더 신나 보였다. 한은 지난밤에 보았던 신율의 모습이 진짜인지 시끄럽게 조잘거리는 유쾌한 소녀가 진짜인지 의문이 들었다. 사춘기 아이들은 낙엽 굴러가는 것만 봐도 웃음을 터트린다던 말이 생각났다. 한은 말없이 산을 오르기 시작했다. 등 뒤에서 조잘거리는 신율의 목소리가 들렸다. 신율의 목소리를 듣자 한은 묘하게 목이 말랐다. 시큼한 오미자차 맛이 혀끝에 감돌았다.

-안녕하세요. 저는 신율이라고 해요.

-반갑다. 나는 옴프라카시 미스트리다.

신율이 발을 멈추고 다시 물었다.

-뭐라고요? 이름이 너무 길어요.

옴이 말했다.

-옴.

신율은 '옴'이라고 되뇌었다.

-둘이 친구니?

옴이 서툰 한국어로 물었다. 신율은 옴의 반말을 듣고 깔깔 웃다가 '친구'라는 단어를 되뇌었다.

-늙은이랑 어린것이 뭔 친구데? 나는 가시나들 질색이어야? 그라고 너 말 짧게 할라믄 영어로 하던가, 아니믄 '요' 자를 붙이랑께.

한이 툭 내뱉고 앞서서 걸었다. 신율은 한의 뒤통수를 바라보다가 입을 내밀고 "옆집 할아버지"라고 대답했다. 자신을 무척 싫어하는 할아버지인데 자신은 한을 좋아한다고 말했다. 한은 앞서 걸으면서 신율의 대답을 듣고, 신율이 나무 막대를 손에 쥐고 한을 지켜 주겠다고 했을 때처럼 마음이 놓였다. 한은 배시시 웃었다. 한은 신율과 옴이 나누는 이야기를 한마디도 놓치지 않고 들었다. 둘은 영어와 한국어를 섞어서 말했다. 신율은 휴대폰에 통역앱을 내려받아 깔았다. 산을 오르는 내내 신율은 옴에 관해 다 들었고, 산꼭대기에 올라가서는 옴이 아기 사진을 보여 주기까지 했다. 그러나 옴은 아이가 아프다는 이야기와 아이를 수술할 돈이 없어서 여기까지 왔다는 말은 하지 않았다. 새안산 꼭대기에는 커다란 바위가 있었고 그 위까지 올라가자 바다가 보였다. 북항에서 바다를 건너 신항만 쪽으로 연결된 해상케이블카가 지나가고 있었다. 해상케이블카에서 사람들이 손을 흔들었다. 산꼭대기에서 북항 쪽을 건너다보자 낡은 우주선이 물에 떠 있는 것처럼 보였다. 바다에는 윤슬이 반짝이고 배들이 고요히 운항했다. 한과 신율과 옴에게 짧고 강렬한 행복감이 찾아왔다. 세 사람은 말을 하지 않고 햇빛이 바다에 만들어 내는 윤슬을 바라보았다. 한은 생각난 듯 옴에게 말했다.

─옴아, 힘들지야. 그래도 잘 견뎌라.

옴의 새까맣고 큰 눈에 눈물이 고였다.

─그들이 두렵지 않습니다. 저를 지켜 주는 신이 계시니까요.

옴이 진지하게 말하고 하늘을 가리켰다. 신율이 휴대폰에 대고 물었다.

─옴 아저씨도 왕따당하고 막 그런가요?

옴은 대답은 안 하고 슬그머니 웃었다.

-너는 뭘 알아듣고 묻는다냐?

신율은 휴대폰을 보여 주었다. 영어를 듣고 번역해 주는 통역앱이 작동 중이었다. 한은 둘만의 이야기를 들킨 것이 못마땅해서 입맛을 다셨다. 언제부터 켜놨다냐, 저것은. 한이 중얼거렸다. 신율은 자기를 괴롭히고 따돌리던 도시의 친구들이 떠올랐다. 그러자 잠깐 찾아왔던 행복감이 사라지고 햇볕이 뜨겁게 살을 파고드는 기분이 들었다. 신율은 낡은 우주선이 놓여 있는 항만으로 시선을 옮겼다.

-여기 항구도시도 아름답지만, 제 나라 항구도시도 무척 아름답습니다. 다음에 꼭 놀러 오십시요.

옴이 한과 신율에게 말했다. 한과 신율이 고개를 끄덕였다.

-저기 저 우주선에 제가 들어가 보고 싶어서 할아버지를 매일 조르고 있어요.

신율이 손가락으로 낡은 우주선을 가리켰다.

-저 우주선 안은 녹슬어서 위험합니다. 왜 저 우주선에 들어가고 싶습니까?

옴이 물었다. 신율은 한을 보며 입을 달싹이다가 말을 돌렸다.

-그건 할아버지가 잘 아세요. 저는 꼭 저 우주선에 들어가야 해요. 다음에 꼭 도와주세요.

신율이 이때다 싶어서 옴에게 부탁했다.

-안 돼. 절대 안 된다 옴아.

한이 다짐을 받듯 옴을 보며 다그쳤다. 옴은 신율의 눈치를 보고 한을 향해 고개를 끄덕였다.

-알았다……요.

옴은 요령껏 '요'를 붙이고 배시시 웃었다. 신율은 가방에서 김밥을 꺼냈다. 한은 침을 삼켰다. 김밥을 입에 넣은 한은 입맛이 동해서 정신없이 먹었다. 옴은 햄을 빼서 살며시 내려놓으며 먹었다. 신율은 한이 먹는 것을 보면서 배시시 웃고 컵에 물을 따라서 건네주었다. 그리고 옴이 먹기 편하게 김밥에서 햄을 빼내 바다를 향해 던졌다. 갈매기가 다가와서 햄을 낚아채 갔다.

-신율, 너는 진짜 친구다. 고맙다. 은혜 갚겠다.

옴이 신율에게 말하자 신율이 환호성을 질렀다.

-꼭이요. 꼭.

등산객들이 대놓고 이들을 쳐다봤다. 외국인 노동자와 노인과 소녀의 조합이 어떤 관계인지 추측하고 상상하는 듯했다. 신율은 그들의 시선이 기분 나빴지만 주눅 들지는 않았다. 두 사람이 옆에 있으니 마음이 든든했다. 파란 하늘과 따뜻하고 찬란한 햇빛, 평화로운 바다가 신율의 마음에 포근함을 주었다. 신율은 낡은 우주선을 내려다보며 이렇게 재미난 삶을 사는 게 언니에게 미안했다.

-혹시, 카레집 아는 데 있당가? 내가 옴한테 맛난 거 사 준다고 했는디.

낡은 우주선을 보고 있는 신율에게 한이 물었다. 신율은 한이 말을 건네는 것이 좋아서 무조건 고개를 끄덕였다. 신율은 앉아 있던 바위 위에서 벌떡 일어났다. 엉덩이가 배겨서 걷거나 뛰고 싶었다. 옴은 주름진 갈색 얼굴을 잔뜩 찡그리고 일어서다가 주저앉았다. 한이 옴에게 다가가 한쪽 바지를 걷었다. 옴이 다리를 다친 날 한이 감아 준 붕대가 그대로 있었다. 상처를 소독하지도 않은 것 같았다.

-이러다 곪으면 어쩌려고.

신율이 옴의 발목을 들여다보다가 중얼거렸다. 옴은 누런 이를 드러내고 웃더니 괜찮다고 말했다. 한이 앉은자리에서 붕대를 풀었다. 상처에는 딱지가 앉기 시작했지만 소독하고 붕대를 감아 놓아야 할 것 같았다. 발목에 보라색 멍이 올라오기 시작해서 통증을 느끼는 것 같았다.

-우리나라에서는 다리 부러져야 상처다. 나 멀쩡하다.

옴은 풀어 놓은 붕대를 챙겨서 배낭에 넣었다. 옴은 바지도 셔츠도 때에 절어 있었다. 신율은 마치 노숙자처럼 세탁하지 않은 옷을 입고 다니는 옴이 기이하게 여겨졌다. 신율은 지난밤에 한의 집 앞을 서성이던 외국인 노동자가 떠올랐다. 신율은 옴에게 숨겨진 비밀이 있을 것 같아 눈을 빛냈다. 어쩌면 따돌림을 당하는 일과 관련이 있을지도 몰랐다. 신율은 그의 비밀을 알아내고 그를 도와주고 싶어서 안달이 났다.

-당최 뭔 일이 있었는가 알아야제. 그것들이 또 뭔 해코지를 할지 알고. 무서서 밤에 눈이라도 편하게 감고 자겄어? 어째 그 일에 대해서는 말을 안 한당가.

한이 옴에게 물었다. 옴은 못 알아들은 척 대답하지 않고 산을 내려가는 길로 발길을 옮겼다. 한은 무안해서 헛기침을 했다. 신율은 재게 옴의 뒤를 따랐다. 카레를 먹으러 가는 트럭 안에서도 신율은 계속 옴에게 뭔가를 물었다. 신율이 덩치가 작아서 가운데 앉았다. 한은 신율이 옆에 있는 것이 부담스럽고 식은땀이 났다.

-좀 떨어져 앉으랑께.

한이 신율에게 말했다.

-안 잡아먹어요. 할아버지. 그래서, 옴 아저씨 다시 이야기해 봐요.

신율이 옴 쪽으로 붙으며 하던 말을 재촉했다. 옴은 한이 보던 중 가장 밝은 표정으로 말을 하고 있었다. 한은 생기가 도는 두 사람이 걱정되면서도 가족을 생각하는 옴의 마음을 알기에 무심한 척했다. 한은 옴과 신율을 지켜보면서 오래전 그 소녀를 떠올렸다.

-시원.

-네?

무심결에 한이 이름을 말했고 신율이 대답했다.

-암것도 아니랑께.

한이 낯을 붉히며 얼버무렸다. 한은 더운 몸을 식히려고 유
리창을 내렸다.

-시원은 좋은 사람이었어요.

신율이 아무렇지 않게 대답했다.

-니가 시원을 알아?

한은 오랜만에 들어 보는 그 이름에 심장이 요동쳐서 브레
이크를 밟았다. 세 사람의 몸이 앞으로 쏠렸다가 뒤로 젖혀졌
다. 한이 정색하고 신율을 쳐다봤다. 뒤차가 급브레이크를 밟
고 클랙슨을 울렸다.

-몰라요. 몰라. 저 배 안 고파요. 여기서 내려 주세요.

신율이 길가를 가리켰다. 한은 당황해서 카레 식당을 물어보
지 못했다. 저 아이가 어떻게 시원이라는 이름을 알고 있을까.

너는 절대 그 우주선에 들어갈 수 없다

우주선 해체 작업은 분해한 쇠를 운반할 길을 확보하고 시작한다.

우주선 안에는 우주선을 만들 때 설치했던 물건들이 있었다. 우주선이 우주를 떠돌던 3년 동안, 망가질 만한 것들은 망가졌고, 우주선 밖으로 빠져나간 것들은 사라졌다. 그러나 정교하게 용접한 집기들은 일일이 절단을 해서 분해해야 했다. 이미 우주선 밖으로 빼낸 물건들은 방수포를 뒤집어씌워 놓은 상태였다. 우주의 압력에 의해 찌그러진 쇳덩이들이었다. 그 물건들은 테트라포드가 로봇처럼 놓여 있는 곳 옆에 있었다. 그 웅장한 물건 옆에 놓인 찌그러진 물건은 보기에도 안쓰러웠다.

오늘 작업은 우주선 안에서 떼어 낸 물건들을 타워크레인으로 들어내고 시작되었다.

작업하다가 쉬는 시간이 돌아오자 해체공들은 맑은 공기를 쐬려고 창이 넓은 층으로 올라갔다. 3층까지 올라가는 계단은 무릎이 뻐근해질 만큼 많았다. 중간중간 꺼진 계단에 덧댄 쇠를 밟으며 올라간 한은 창문에 서서 바닷바람을 쐬었다. 한은 눈으로 옴을 찾았다. 새안산 등반 후에 밖에서 옴을 자주 만났다. 한은 옴에게 한국어를 가르쳐 주었다. 옴은 아들처럼 한을 잘 따르고 챙겼다.

한이 옴을 찾고 있을 때, 아홉 사내의 리더라고 할 수 있는 이시바가 다가왔다.

-우리의 신은 비슈누와 시바가 인기가 많습니다.

한은 이시바의 뜬금없는 말에 다시 물었다.

-힌두의 신은 셋으로 알고 있었는데. 그래 그중에 어느 신이 좋다는 거야?

이시바가 말했다.

-다들 평안을 주는 비슈누를 숭배할 것 같지만, 파괴의 신인 시바를 더 섬기죠.

한이 대답했다.

-의외군. 하긴 나도 시바신은 들어 봤으니까. 그래, 왜 그렇지?

이시바가 우주선을 가리켰다.

-파괴가 있어야 창조가 있는 거니까요. 이 우주선을 우리가 잘라서 파괴해야 새로운 것이 들어와 자리를 잡겠지요.

한도 그 말에는 고개를 끄덕였다.

-힌두의 신은 논리가 있군.

이시바가 가까이 다가와 은밀하게 말했다.

-부장은 저 녀석한테 속고 있는 겁니다. 언젠가는 알게 되겠지만요.

한이 이시바를 험악하게 노려봤다. 한이 가진 옴에 대한 좋은 감정을 파괴하러 온 것 같았다.

-부장님 저는 분명히 경고했습니다.

이시바가 지지 않고 말했다. 한은 도끼눈을 뜨고 이시바를 봤다. 이시바는 한의 기에 눌려 입을 다물었다. 이시바는 자신들의 무리가 얼쩡거리는 곳으로 발을 옮겼다. 이시바는 자기들의 언어로 뭐라고 떠들어댔다.

-악귀 같은 놈이랑께.

혼자 남은 한은 중얼거렸다. 뒤늦게 온 옴이 한의 눈치를 보는 것이 느껴졌다. 옴이 이시바와 무리를 쳐다보자 이시바가 손가락으로 욕을 하고 하늘을 가리켰다. 옴이 낯을 붉혔다. 한은 또 한 번 싸움이 날까 봐 옴과 이시바를 번갈아 보았다. 이들이 한집에서 산다면 옴은 숨도 쉬지 못하고 잠도 제대로 못

자고 먹지도 못하고 지낼 것 같았다. 한의 마음을 알고 있는지 지난번처럼 싸우려 들지 않는 옴의 모습은 오히려 주눅이 들어 보였다. 평소에 옴의 옷은 다른 해체공들의 옷보다 지저분했다. 한은 숙소에서의 따돌림으로 세탁을 하지 못해서일 거라고 짐작했다. 그런데 오늘 옴의 옷은 말끔했다. 해결이 된 건가. 한은 옴에게 걱정하지 말라는 미소를 보여 주었다. 눈으로 말할 수 있게 저 나라 사람들처럼 눈이 좀 컸으면 좋겠다고 생각하면서.

-이시바가 뭐라고 지껄이는 거당가?

옴이 가까이 다가오자 한이 물었다. 욕이라고 짐작하면서도 궁금했다. 옴이 뜸을 들이며 곁눈으로 이시바를 훔쳐보았다.

-밤에 이 우주선에 소녀 유령이 나온다고 소문이 났답니다.

옴의 말에 한은 잊고 있던 소녀가 생각나 되물었다.

-당최 누가 그런 헛소문을 퍼트리고 다닌다냐?

옴은 안전모를 벗고 얼굴에 흐르는 땀을 닦았다.

-부장님. 저는 소녀 유령 믿지 않습니다. 그런 건 없습니다.

한은 옴의 말이 마음에 들었다. 한은 옴의 등을 토닥이면서 옴과 저들 사이에 놓인 비밀이 뭘까 의문이 들었다. 이시바의 언질로 한이 옴에게 갖는 믿음이 깨지지는 않았지만 의혹은 남았다. 옴은 왜 저들이 괴롭히는 이유에 대해서 말하지 않는 것일까, 말하지 못할 진짜 이유가 있는 것 아닐까, 한은 생각하며 옴을 바라보았다. 옴은 바다에서 불어오는 바람을 맞으며 항구도시를 내려다보고 있었다. 옴의 휴대폰에 문자가 왔다는 신호가 들렸다. 옴은 휴대폰을 꺼내서 확인하고 닫았다. 옴이 누군가와 문자를 주고받는다는 사실이 한에게는 낯설게 느껴졌다. 누구냐고 눈으로 묻는 한에게 옴은 대답하지 않았다. 그저 주눅 들었던 얼굴이 펴지면서 갈색 피부에 화색이 돌았다.

-누구여?

한이 참지 않고 물었다.

-신율. 친구가 되기로 했다.

옴이 급하게 말하느라 서툰 한국어로 답했다. 한은 짐작 가는 것이 있어서 다그쳤다.

-우주선에 데리고 오믄 안 된당께. 여그 와서 다치믄 너랑 나랑 다 짤려야. 알겄냐? 그 가시네 속이 빤히 보이는구만.

요 며칠 퇴근길에 신율이 보이지 않아서 한은 시원섭섭함을 느꼈다. 지난번에 오미자차 얻어먹었던 값을 한꺼번에 치르러 가서 신율이의 엄마를 만나서일 것이다. 신율 엄마가 딸을 타일러서 한을 귀찮게 하지 않는 것인 줄 알았다. 몇 달째 한만 보면 우주선 안에 데려가 달라고 조르던 신율이였다. 그 나이 때 아이들이 엄마 말을 듣는 것도 아닌데 기특하다 싶었다.

'혹시 옴에게?'

한은 옴을 다잡으며 말했다. 우주선은 위험하니까 절대 데려오지 말아라. 옴은 고개를 끄덕이며 한의 눈을 피했다. 휴식 시간이 끝나고 작업 구역으로 돌아가면서 이시바가 이를 드러내고 웃는 모습이 보였다.

항만에서 트럭으로 20분을 달리면 한이 사는 동네가 나왔다. 한은 트럭을 주차하고 집을 향해 걸었다. 카페가 보이기 시작하자 신율이 오미자차를 들고 뛰어오지 않을까, 하는 기대감에 천천히 걸었다. 카페 마당의 테이블에 신율이 앉아 있었다. 신율은 책을 읽고 있었는데, 테이블에 오미자차가 놓여 있었다. 신율은 고개를 들고 한을 알아보더니 언제나처럼 뛰어왔다. 손에는 일회용 컵에 담긴 오미자차가 들려 있었다. 다른 손에는 읽던 책이 있었다. 가까이 다가오자 책 제목이 보였다.

『머나먼 00호』.

한은 백내장으로 뿌옇게 흐려진 눈으로 글자를 읽었다. 그 책은 침몰한 배에 관한 책이었다. 한은 기억하고 싶지 않은 시간을 떠올리면서 멍하니 서 있었다.

-할아버지 오미자차 드세요. 그동안 엄마가 눈치를 줘서 차를 못 가지고 나왔어요. 지금은 엄마가 안 계세요.

한은 오미자차를 받아서 빨대를 빨았다. 속이 뻥 뚫리게 시원한 맛이었다. 금방 바닥을 드러낸 오미자차는 빨대로 빨아도 나오지 않았다. 한은 뚜껑을 열어서 얼음을 씹었다. 이가 시렸다. 마당의 감나무에 꽃이 핀 것이 보였다. 벌과 나비가 날아다녔다. 혹시, 옴에게 무슨 말을 들은 것일까.

–오미자차 값이다.

한이 돈을 내밀자 신율은 손을 저었다.

–그러다가 느그 굶어 죽겄다. 책이라고 한 개도 안 팔리고, 차는 공짜로 나눠줘 버리고, 당최 뭘 먹고 사는지.

신율이 책을 흔들었다.

–이 안에 들어 있는 게 많아요. 할아버지, 저 우주선에 언제 들여보내 주실 거예요? 오미자차 값 대신 우주선에 들어가서 구경하고 싶은데.

한은 이때다 싶어서 퉁을 놓았다.

–우주선에서 처녀 귀신도 나온당께. 너는 당최 속이 안 든다. 절대 안 돼야.

신율은 더는 말하지 않고 입을 다물었다. 신율과의 실랑이를 기대하던 한이 되레 실망해서 남은 얼음을 씹었다.

–내가 너 데고 그 우주선에 들어가는 일은 절대 없을 것잉께. 그리 알아라. 알았냐.

한이 다짐하듯 말했다. 한은 얼음을 하나 더 꺼내서 씹었다. 신율은 잠시 책을 내려다보고 서 있었다. 신율의 얼굴이 고요하고 슬퍼 보였다. 한은 신율의 얼굴에서 못 보던 표정을 발견하자 겁이 났다. 깔깔 웃고 장난치던 삼선 슬리퍼 소녀의 얼굴에 나이 지긋한 중년 여인이 들어 있었다.

-너는 학교는 댕겨왔냐? 어째 학원도 안 다니는 것 같다. 중학생이면 고등학교 준비하느라 바쁜 나이 아니냐. 아무리 여가 지방이라 해도 시내에 돌아다니는 학생들은 학원 댕기느라 정신 없던디.

신율이 한숨을 깊이 쉬었다.

-저는 학교가 재미없어요. 3월에 개학은 했는데, 다니다가 말다가 해요. 엄마도 학교 가라고 들볶지 않고요. 그냥, 책을 읽고 글을 써요. 할아버지가 학교 물어보시니까 이상해요. 저랑 할아버지는 그 우주선에 관해서만 이야기하잖아요.

신율이 책을 팔랑거렸다.

-학교를 누가 재미로 다닌다냐. 공부도 다 때가 있으니까 하는 거랑께. 너 옴하고 연락하고 지낸다고? 오늘 옴이 그러더라.

신율이 고개를 끄덕였다.

-이 책에서요. 작가가 그 배에서 죽은 사람들에 관한 글을 잔뜩 쓰거든요. 이 이야기 저 이야기. 저도 그런저런 남겨지지 않은 이야기를 쓰고 싶어요. 그 우주선에 관해서나 저에 관해서나 언니에 관해서요. 아무도 읽지 않아도 상관없고, 누군가 읽어도 앞뒤가 섞여서 무슨 내용인지 전혀 이해 못할 슬픔을 적고 싶어요.

한은 남은 얼음이 녹아 있는 컵을 보다가 말했다.

-읽지 않을 이야기를 왜 쓰려는지 당최 이해를 못하겠다. 내가 무식해서 그런가.

한은 얼음이 녹은 물을 한꺼번에 마셨다. 생각해 보면 한이 겪은 과거의 사건도 단 한 사람의 기억일 뿐이었다. 증오심에 기억하든, 애정 때문에 기억하든. 한은 살아 있었다면 할머니가 되었을 시원의 모습을 문득 그려 보았다. 감나무에서 꽃이 뚝 떨어졌다. 감꽃이 매달려 있던 자리에 조그맣고 귀여운 아기 감이 얼굴을 드러내고 열려 있었다. 하루살이가 뭉쳐서 날아다니다가 감나무에 내려앉았다. 화단에 패랭이꽃이 고운 빛깔로 피어 있었다. 어디선가 아카시아꽃 향이 밀려와 달콤하게 풍겼다. 마당에 돋은 풀들이 작은 꽃을 터트리며 흔들리고 있었고, 보라색 제비꽃이 보였다. 바다에서 불어온 바람이 언덕 위에 있는 이 집 마당까지 들어왔다. 한의 마음속에 포근한 불이 들어왔다.

-이 책 주인공이 만난 첫사랑이 시원이었어요.

한의 마음에 켜졌던 불이 일시에 꺼졌다. 배가 침몰하기 시작했다. 학생들이 비명을 질렀고 뛰기 시작했다. 학생들의 다급한 눈과 겁먹은 눈이 물속에 잠겼다. 유리창을 두드리는 아이들의 손바닥이 그대로 자국을 만들었다. 수백의 시신이 배 안에 수장된 채 물풀처럼 흔들렸다. 죽은 아이들이 잠수부에 의해 한 명씩 올라왔다. 한은 죽은 아이들의 얼굴을 다 보았다. 그 아이들을 붙잡고 우는 여학생이 보였다. 여학생이 우는 모습이 슬퍼서 한도 따라 울었다. 한은 죽은 아이들의 얼굴도 그 여학생의 우는 얼굴도 선명히 기억났다. 한이 잊고 살았고 잊기 위해 노력했던 시간이었다.

한은 분노로 일그러진 눈을 신율에게 돌렸다. 자꾸만 그 이름을 끄집어내는 이 소녀의 속내를 헤집어 놓고 싶었다. 긴장한 한은 사투리가 아닌 표준어로 말했다.

-오늘 옴한테 다짐을 받았다. 너를 그 우주선에 절대 데리고 가지 말라고. 알아들었냐?

한은 빈 컵을 들고 돌아서서 카페 마당을 나오려고 했다. 신율이 등 뒤에서 외쳤다.

-그 우주선에 들어가고 싶은 이유가 이 책을 쓴 사람 마음과 같아요.

한이 신율을 향해 돌아섰다. 한은 깔깔거리며 농담이나 주고받던 신율이 그리웠다. 속을 드러내지 않는 그런 사이가 편했다. 선을 넘지 말아야 했는데, 가까워지지 말아야 했는데, 자꾸 선을 넘어 들어오는 신율이 이제 부담스러웠다.

-할아버지와 저는 과거에 살고 있어요. 과거가 끝나지 않았으니까요.

신율이 울 듯한 표정으로 말했다.

-도대체 나에 대해서 뭘 안다고 그렇게 말하지?

한이 윽박지르며 물었다. 신율은 대답을 하려다가 입을 다물었다. 신율이 잠시 한의 눈을 바라보았다. 그 눈은 한에 대해서 다 안다는 듯한 눈이었다. 한은 신율에게 넘지 못할 선을 긋고 싶었다. 신율과 거리를 두기 위해서는 다른 어른들처럼 말해야 했다.

-옴이 너 때문에 힘든 상황에 놓이면 절대 안 돼. 그러니까 옴에게 부탁할 생각은 마. 그리고 너도 현재를 살아, 학교에도 가고. 알겠어?

신율은 입을 꽉 다물고 서 있었다. 카페 마당으로 찾아든 햇빛이 신율의 정수리에 내리꽂혔다.

그 순간 신율이 서 있는 마당이 달라 보였다. 빈 수레에 장식해 놓은 꽃들은 시들어 있었고, 되는대로 돋은 풀 속에서 고양이 똥 냄새가 지독하게 풍겼다. 마당에는 손님이 찾지 않는 카페 특유의 쓸쓸함이 묻어 있었다. 아름답게 꾸며 놓았지만 폐허의 느낌이 마당 안에 고여 있었다. 활기라고는 찾아볼 수 없는 공간에 웃음을 잃은 신율이 서 있었다. 카페 창으로 보이는 책들은 모조리 과거를 담고 있는 전유물처럼 보였다.

카페 유리창에 신율의 뒷모습이 비쳤다. 신율의 표정에는 드러나지 않던 불안함이 뒷모습에 담겨 있었다. 한은 창에 비친 신율의 뒷모습에서 불길한 기운을 느꼈다. 그 우주선에 나타난다는 유령을 마주한 듯한 섬뜩한 기분이 들었다. 한은 자신의 머릿속에 들어온 불길함을 떨치려 고개를 저었다. 한은 신율의 눈을 보았다. 신율은 뭔가를 결심한 표정이었다.

고집스러운 것.

한은 신율이의 표정을 보고 뒤로 한걸음 물러섰다. 한은 겁먹은 것을 들키지 않으려고 숨을 가다듬었다. 한은 신율에게 경고했다.

-너는 절대 그 우주선에 들어갈 수 없다.

옴의 비밀

신율은 그날 밤 옴에게 갔다.

신율은 새안산에 다녀온 날부터 알고 있었다. 그날 옴의 뒤를 밟았고, 옴이 항만의 뒷길을 통해 낡은 우주선으로 들어가는 것을 보았다. 신율은 며칠 동안 옴의 뒤를 밟아 보고 결론을 내렸다. 옴은 그 우주선에서 살고 있었다. 옴은 펜스 문을 따고 들어간 다음 밖으로 열쇠를 돌려서 잠갔다. 그러니 우주선 안에 누군가 들어가 있을 거라는 생각은 아무도 하지 못한 것이다. 신율은 옴에게 연락해서 밥을 같이 먹곤 했다. 옴과 가까워져서 우주선에 들어갈 수 있는 날을 고르고 있었다. 한이 절대 우주선에 데려가지 않겠다고 하자 신율은 결심했다. 신율은 펜스 문 열쇠를 가지고 있었다. 한이 카페에 와서 깜빡 잠든 날 신율은 한의 집 열쇠와 펜스 문 열쇠를 복사했다. 한이 데려다 주지 않아도 그 우주선에 들어갈 수 있게. 그러나 그 우주선에 들어가는 것을 망설였다. 옴이 거처를 들키면 어떤 반응을 보일지 몰랐기 때문이다.

한과 마당에서 이야기를 나눈 날 신율은 우주선에 들어가기로 결심했다. 신율은 옴이 우주선에 있는 시간에 펜스의 문을 따고 우주선으로 걸어갔다. 그리고 그날 옴의 비밀을 들었다. 신율은 휴대폰에 통역앱을 깔아 둔 것을 기억해 냈다. 그것을 켜고 듣자 옴이 하는 말을 이해할 수 있었다.

옴프라카시 미스트리.

그의 이름은 옴프라카시였다. 다들 줄여서 옴이라고 불렀다. 옴은 이 나라 이 항구도시에서 끝까지 버티고 싶었다.

하루에 2달러를 받고 일하던 파키스탄 카라치의 우주선 해체업체에 돌아가고 싶지 않았다. 물론 숙련공들은 하루 일당이 한국 돈으로 1만 4천 원 정도가 되었다. 그러나 어릴 때부터 일을 한 옴은 이 일을 시작한 지 15년이 되었지만 초보 기술자였다.

옴은 파키스탄 북부 지역에서 태어났다. 태어날 때부터 배가 고팠다. 소작농이었던 부모는 가난했고, 남루했고, 신만이 옴과 함께였다. 옴의 형제는 어릴 때 굶주리다 죽었다. 옴의 누이는 병에 걸려 죽었다. 옴이 열두 살에 부모는 옴을 카라치해변의 삼촌한테 보냈다.

가난한 동네를 떠나 돈을 벌러 간다는 희망에 들떴던 옴은 맨발로 철근 조각을 밟고 서서 울고 싶었다. 카라치에 가면 많은 돈을 벌 수 있고 배가 부르고 인생이 달라질 줄 알았다.

어린 옴이 할 수 있는 일은 어른들이 하는 쇠를 자르는 일이 아니었다. 옴과 같은 나이의 사내아이들은 맨손으로 석면을 제거하고, 우주선에 찌든 기름을 닦았다. 맨손과 맨발이 찢기고 피가 났다. 상처 속으로 찌든 기름과 철근 가루가 들어갔다. 상처에 바를 약은 크림 하나였다. 작업장 옆에 판자로 지은 방에서 어른들과 합숙을 하며 지냈다.

어른들은 가스절단기로 쇠를 자르며 유독가스를 들이마셨다. 쇠를 자르는 불꽃이 사방에서 튀었다. 불꽃이 잘못 튀면 찌든 기름에 불이 붙었다. 폭발이 일어나기도 했다. 어른들은 팔이 잘리거나 다리가 잘리거나 눈에 불꽃이 튀어 실명이 되거나 죽었다. 사고로 죽는 사람이 많았다. 녹슨 쇠는 아무 때나 떨어졌다. 살아남은 사람들은 죽지 않고 살아 있음을 신에게 감사했다. 신은 죽은 자들은 천국으로 데려가고 살아남은 자들만 구했다.

옴은 돈을 벌어서 집에 있는 가족에게 보냈다. 옴은 2주에 한 번씩 월급을 받았고, 한 달에 이틀은 쉴 수 있었다.

옴의 돈은 가족에게 갔고 낡은 우주선이 옴에게 왔다.

낡은 우주선은 죽기 위해서 카라치로 왔다. 1만 5천 톤급 우주선에서 2만 톤급 우주선까지. 해체공들이 달려들어 한 달이나 한 달 반 만에 2만 톤급 우주선을 조각냈다. 바닷물이 만조가 되었을 때, 도르래와 쇠줄과 낡은 연장으로 거대한 우주선을 강제 절단했다. 낡은 우주선들은 쇳조각이 되어서 죽었고, 그보다 더 많은 해체공들이 사고로 죽었다. 잘라 놓은 우주선 조각이 해체공을 덮쳐서 죽기도 하고, 도르래 줄이 끊어지며 날아와 맞아 죽기도 했다. 죽음을 피해 살아남은 해체공은 신에게 감사의 기도를 올렸다. 사고로 죽는 사람의 숫자는 과거에는 수백 명이었다고 했다. 우주선 해체 전에는 유조선과 선박을 해체했던 역사가 있었다. 시간이 지나면서 우주 항해를 마치고 돌아온 낡은 우주선을 조각내는 작업도 하기 시작했다. 우주선 해체는 가난한 나라의 몫이었다. 우주선에서는 쓸 만한 쇠와 반도체와 회로들을 찾아낼 수 있었다. 우주선 해체는 선박 해체처럼 해체공들이 맨몸으로 했다. 로봇이나 기계를 들이는 것보다 가난한 나라의 저임금 노동자들의 생명이 더 쌌다. 노동환경이 개선되면서 윈치나 리프트를 사용해 작업할 수 있었다. 사고로 죽는 숫자는 전보다 줄어들었지만, 옴이 떠나오기 전까지 한 달에 열 명은 죽었다. 쇳조각과 불구덩이 속에서 어린 옴은 용케 살아남아 기술자가 되었다. 월급이 조금 올랐다.

옴은 기쁜 마음에 휴가를 얻어 고향집에 갔다.

아름다운 여자가 옴의 집에 와 있었다. 열여덟 살 소녀는 옴의 신부였다. 옴은 나이를 먹어도, 기술자가 되어도, 가난했다. 게다가 입이 늘었다. 옴은 카라치로 돌아가 아내를 위해 더 열심히 일했다. 옴이 결혼한 사실은 아무도 몰랐다. 해체공들은 한방에 모여서 씻지도 못하고 잠이 들었다.

옴이 다시 고향집을 찾았을 때, 자식이 태어났다는 것을 알았다. 그러나 아기는 심장이 좋지 않았다. 인공심장 이식수술을 받아야 했다. 수술비는 가난한 옴에게 엄청난 금액이었다. 옴에게는 방법이 없었다.

그때 인도의 알랑 지역에 거주하는 친척에게 연락이 왔다. 옴의 외가 쪽 친척이었다.

인도가 분리 독립하기 전, 옴의 고조할아버지가 젊은 혈기에 인도의 알랑 지역에 돈 벌러 갔다가 고조할머니를 만났다. 옴의 고조할아버지는 알랑 지역에서 일하다가 고향으로 돌아왔다. 그 후 인도가 영국령에서 분리 독립하여 인도, 파키스탄, 방글라데시로 나뉘었다. 옴의 고조할머니는 고조할아버지를 따라 파키스탄의 시댁에 오자마자 종교를 개종했다. 인도와 파키스탄은 다른 종교로 인해 전쟁을 계속했다. 그러다가 지도자가 바뀌어서 평화가 찾아온 시기가 있었다. 친척들의 왕래가 잦아졌다. 친척끼리의 결혼이 추진되었다. 옴의 엄마도 인도인이었다. 친척들은 각종 편지와 선물을 건네며 서로 잊지 않고 지냈다. 가끔 이쪽 아이가 저쪽에 가서 일을 하거나, 저쪽 아이가 이쪽에 와서 결혼을 했다. 종교가 다르지만, 한 가족이라 서로 도우며 살았다. 어쩌면 양쪽 다 가난하기에 가능했던 일인지 모른다. 시간이 지나서 나라의 지도자가 바뀌고 나라 간 전쟁의 기운이 감돌았다. 국경을 넘나들기가 험난해졌다. 그럴수록 가족 간의 핏줄 연맹은 단단하고 끈끈했다. 옴의 엄마가 돈이 필요하다고 친척에게 말했다.

친척은 한국에서 우주선 해체 기술자를 구한다고 알려 줬다.

친척이 이런 좋은 기회를 옴에게 알려 준 것은, 옴이 한국에서 일을 하고 월급의 반을 보내 주면 어떻겠냐는 것이었다. 월급을 많이 받으니까 소개해 준 친척에게 반을 보내고 나머지 반은 옴의 가족에게 보내도 아이의 인공심장 이식수술비는 충분히 모을 수 있을 거라고 했다. 자기가 직접 가고 싶지만, 암에 걸려서 갈 수 없다고 했다. 그런데 기회를 놓치기 싫어서 아픈 것을 숨기고 신청했다고 말했다. 옴이 한국에 가서 일하는 동안 그 친척은 죽게 될 것이지만, 사망신고를 하지 않겠다고 했다. 죽어서도 가족을 먹여 살려야 하기 때문이었다. 옴이 돌아오면 그때 사망신고를 해도 상관없는 일이라고 했다.

옴에게는 기회였다.

옴은 인도로 향했다. 목숨 걸고 국경을 넘었다.

옴은 엄마의 친척과 나이 차이가 열 살 정도 났지만, 옴과 닮아서 서류에 붙인 사진을 보니 감쪽같았다. 옴이나 친척은 오랜 우주선 해체 작업으로 인해 지문이 거의 닳아서 없었다. 직업이 같아서 지문조차 걸리지 않았다. 단지, 늙고 젊고의 차이였다. 옴도 15년을 해체공으로 일하다 보니 나이보다 열 살은 더 들어 보였다. 인도 정부에서 비행기표 값을 댔다.

옴은 한국에 왔고, 항구도시에 도착했다.

옴이 자신의 이름을 말해도, 친척의 이름을 말해도 한국 사람들은 잘 몰랐다. 인도인이나 파키스탄인이 똑같이 생긴 것처럼, 무하마드든, 옴이든 다 같다고 생각했다. 옴의 이름은 옴의 엄마가 지은 이름이었다. 적어도 '술탄'은 아니었다. 구분이 더 어려운 이름이었다.

여기까지가 옴의 역사였다.

옴이 이 항구도시에 온 내력이었다.

옴은 이 항구도시의 항만에 거치돼 있는 우주선을 해체해야 한다고 들었다. 해체 기간을 3년을 잡고 있다는 담당자의 말에 옴은 놀랐다. 우주선은 고작 1만 톤이었다. 옴이 카라치에서 강제 절단 작업으로 했던 해체 속도로는 한 달이면 충분했다. 우주선 해체 노동자 인력도 한국인 감독을 빼고 열 명이었다. 열 명의 해체 노동자가 1만 톤 우주선을 3년간 해체하는 작업이라면 누워서 떡 먹기였다. 옴은 낡은 우주선의 운명이 신기했다. 옴은 일하는 날짜가 늘어날수록 돈을 더 벌 수 있었다. 옴은 한국 사람들을 이해할 수 없었지만, 자식과 가족만 생각하고 돈을 벌기로 했다. 우주선은 사고 후 3년 동안 지구 주위를 맴돌고 있었다고 들었다. 지구로 돌아오고 자리를 찾지 못해 헤매던 기간이 1년. 이 항구도시에 자리 잡은 게 3년 전이라고 했다. 그만큼 녹슬어 있었다. 부식된 쇳조각은 언제 머리나 몸으로 떨어질지 모를 일이었다. 그러나 옴을 힘들게 하는 것은 작업장이 아니었다. 작업장은 천국이었다. 담당 부장이 친절해서 옴은 한국인을 좋아하게 되었다.

문제는 숙소였다.

인도에서 온 나머지 아홉 명의 종교는 모두 힌두교였다. 그들도 제각각 신분을 속여서 왔기 때문에, 옴이 친척의 이름으로 온 것은 문제가 아니었다. 알랑에서 온 그들도 인도의 가장 가난한 하층민이었다. 가난하지 않으면 우주선 해체처럼 위험한 일에 목숨을 걸 이유가 없었다. 가족을 부양하고 자녀들을 공부시키기에 돈은 모자랐다. 인도의 하층민과 파키스탄의 하층민은 가난이라는 공통점이 있었다.

이들을 갈라놓은 것은 신이었다.

인도와 파키스탄이 전쟁을 하기 전에, 힌두교도들은 이슬람교도를 죽였다. 이슬람교도는 복수하기 위해 힌두교도를 죽였다. 매일 서로를 죽이다가 나라가 세 조각으로 갈라진 민족이었다. 영국이 식민 지배를 하다가 물러난 1947년 분리 독립을 한 후, 인도인들끼리의 전쟁은 시작되었다. 종교가 가장 큰 이유였다. 평화의 시기가 잠시 지나가자 더 지독한 냉각기가 시작되었다.

힌두교도가 대부분인 인도, 이슬람을 섬기는 파키스탄과 방글라데시. 카슈미르 지역에서는 아직도 인도와 파키스탄의 전쟁이 계속 이어지고 있었다.

그러니 옴은 적들과 숙소를 같이 사용하며, 그들과 다른 신을 섬기고, 다른 음식을 먹어야 했다. 인도에는 수백 개의 신이 있었다. 힌두교는 거의 모든 것을 신으로 섬기는 종교였다. 강이, 산이, 소가 신이었다. 기독교인과 시크교, 불교, 자이나교도가 있지만, 인도인의 80퍼센트가 힌두교도였다. 옴과 함께 한국에 온 아홉 명은 다 힌두교도였다. 열 명의 인부에게 주어진 방은 세 개였다. 한 방에 세 명씩 자고 안방에서 네 명이 자기로 했다. 거실과 주방은 공용 공간이었다. 냉장고는 하나였다. 그들은 각자 싸 온 향신료를 냉장고에 넣었다. 항구도시에서 구할 수 있는 음식 재료를 사다가 채워 놓았다.

손이 네 개나 달렸으며, 미간에 눈이 하나 더 달린 시바신을 가장 좋아하는 힌두교도는 소고기를 먹지 않았다. 소도 신이었다.

유일신인 알라신을 숭배하고 부정한 돼지고기를 먹지 않고 술조차 입에 대지 않는 이슬람교도인 옴. 그는 힌두교도와 다른 방식으로 기도를 올렸다.

옴의 어머니는 어떻게 다른 종교를 가진 남자를 사랑하게 되었을까. 종교를 개종했을까.

옴은 신항만에 옮겨 놓은 우주선을 이해하지 못하는 것처럼 어머니와 힌두교도들을 이해하지 못했다. 옴은 화장실에서 몰래 기도를 올리고 음식은 채소 위주로 먹었다. 인도의 알랑 지역에서 온 친척처럼 행동하려고 했다. 그러나 인도인들에게는 옴의 다름이 금방 눈에 띄었다.

-시바신은 세 번째 눈으로 인간의 내면을 보시지.

작업을 쉬는 주말이었다. 이시바가 옴을 향해 말했다. 주방 식탁이 좁아서 제각각 접시를 들고 거실의 이 구석 저 구석에서 식사할 때였다. 그들이 일제히 옴을 쳐다보며 말했다. 옴은 파키스탄의 전통 주식인 로티를 먹고 싶었다. 어머니나 할머니가, 아니 아내가 만들어 준 로티 말이다.

-더러운 이슬람과는 한집에서 지낼 수 없다. 이것은 신의 뜻이다.

이시바가 카레가 든 접시를 옴에게 던졌다. 다른 인도인들은 이시바의 눈치를 보면서 카레를 먹고 있었다. 누구 하나 나서서 말리지 못했는데, 라훌만이 옴을 걱정하는 눈빛으로 바라봤다. 옴과 방을 같이 사용하던 인도인이었다. 옴은 이 항구 도시에 온 첫날 밤에 라훌의 울음소리를 들었다. 물도 음식도 공기도 낯선 이 나라의 겨울은 인도보다 바람이 차가웠고, 볼을 치는 것처럼 바람이 세게 불었다. 라훌은 어머니가 그립다고 말하며 울었다.

옴은 라훌의 눈빛에 힘을 얻어서 말했다.

-나는 갈 곳이 없어.

이시바가 부엌칼을 들었다. 라훌이 고개를 숙였다. 다른 인도인들도 밥을 씹던 것을 멈추었다.

-네가 인도인이 아니라 더러운 파키스탄인인데 속이고 왔다고 한국 정부에 말하겠다. 그것이 싫으면 이 숙소에서 나가라. 이 또한 신의 뜻이다.

옴은 짐을 챙겨 숙소를 나왔다.

옴은 말도 통하지 않고 사람도 거리도 낯선 이 항구도시에서 갈 곳이 없었다. 종일 버스 터미널에 앉아 있었다. 갯벌에 발이 빠져 허우적거리며 석면을 나르던 열두 살 적을 떠올렸다. 어쩌면 자식이 아픈 것은 옴의 몸이 더러운 석면과 쇳가루로 덮여 있기 때문이 아닐까 하는 생각이 들었다. 옴은 허공에 매달려 작업하던 삼촌의 마지막 모습을 생각했다. 삼촌은 숙런공이었다. 삼촌은 열두 살 옴을 데려다가 일을 가르쳤고, 옴이 가스절단기로 작은 쇠를 잘랐을 때 기뻐했던 사람이었다.

삼촌은 평생 그 일을 했다. 그런데 그날, 맨몸으로 고공 절단을 시작했던 삼촌은 죽었다. 절단은 우주선 안과 우주선 밖에서 동시에 진행되었는데, 안에서 일하던 작업자와 사인이 맞지 않았다. 삼촌은 우주선의 좌측 상판과 같이 떨어졌다. 한 달 평균 10여 명이 죽는 그 숫자에 그날 삼촌이 들어갔다.

낯선 항구도시 버스 터미널에서 옴은 삼촌의 마지막 모습에 온 정신이 잡혀 있었다. 옴은 삼촌이 죽었던 장소로 돌아가고 싶지 않았다. 이 항구도시에서 잘 수 있는 곳을 찾아 나섰다. 옴은 새안대교를 건너다가 파키스탄에 전화를 걸었다. 우주선 해체 노동자로 오면서 받았던 휴대폰이 있었다. 외국인 노동자가 이 지역에서 이탈하는 것을 막기 위해, 혹은 긴급한 연락을 주고받기 위해 준 임시 휴대폰이었다.

옴은 데이터로 걸 수 있는 국제 영상통화를 눌렀다. 아내가 화면에 나왔다.

-아기는 잘 있어요.

아내가 말했다.

-많이 아파요. 빨리 인공심장 이식수술을 해야 한다고 했어요.

옴은 돌아갈 곳이 없었다. 어떻게든 이 항구도시에서 버텨야 했다.

-수술비를 보낼게요. 걱정하지 말고 잘 지내요.

옴은 아내의 목소리를 듣는 것만으로도 마음이 풀렸다. 바다에서 불어오는 바람이 시원했다. 발바닥과 손바닥이 피투성이가 되면서도 버티던 옴이었다. 이 정도 어려움은 이겨 낼 수 있었다.

-아기를 보여 줄게요.

아내가 아기의 얼굴로 화면을 돌렸다. 아기는 피부가 새파랗다 못해 검게 변해 가고 있었다. 숨이 가빠 보였다. 옴은 자신의 숨을 아이에게 주고 싶었다. 아이의 심장이 편안하게 뛸 수 있게.

-안녕, 아가. 아빠야.

옴이 화면을 향해 손을 흔들었다. 매번 하는 인사였다. 아기가 손을 흔들었다. 아기는 아빠, 아빠, 하며 두 번 불렀다. 그 순간 옴을 힘들게 했던 모든 일이 다 녹아서 사라지는 기분을 느꼈다. 옴은 화면을 향해 키스를 보냈다. 화면 속 아기를 어루만지는 것만으로도 눈물이 났다.

-인공장기가 준비되었다고 했어요. 이제 정말 돈이 문제예요.

옴은 눈을 빛냈다.

-정말 잘됐어요. 걱정하지 말아요. 내가 어떻게든 돈을 보낼

게요.

옴은 통화를 끝냈다. 배가 고팠다. 종일 굶은 옴은 다리가 후들후들 떨렸다.

날이 저물자 옴은 항만으로 갔다. 출입구의 반대쪽으로 들어갔다. 옴은 낡은 우주선 앞에 서 있었다. 카라치에서는 작업장 옆에서 먹고 잤다. 이 우주선 안에는 작업하다가 쉴 수 있는 소파와 의자가 놓여 있었다. 라면처럼 간단한 음식과 간식과 물을 먹을 수 있는 냉장고도 있었다. 모두 부장의 배려였다. 옴은 계단을 밟고 올라갔다.

그 후로 옴은 5시에 작업이 끝나면 다른 사람들과 퇴근했다. 시내를 돌아다니다가 공중화장실에서 간단히 씻었다. 편의점이나 가판대에서 파는 빵을 사 먹고 해가 저물면 다시 항만으로 갔다.

옴이 말을 마치고 신율을 보았다. 신율은 휴게실의 소파에 앉아 있었다. 옴의 이야기를 다 들은 신율은 낡은 우주선의 천장을 한참 올려다봤다. 신율은 소원대로 우주선에 들어왔지만 기대했던 것만큼 신기하지 않고 시시했다. 이 우주선에서 먹고 자는 사람도 있는데, 할아버지는 왜 그렇게나 무섭게 말렸을까. 좀 억울한 기분마저 들었다.

-옷은 어떻게 세탁해요? 몸은 공중화장실에서 씻는데, 옷은

세탁할 곳이 있어요?

옴은 망설이다가 대답했다.

-빨래방이요. 자주 하지는 않아요. 돈이 아까워서요.

신율은 고개를 끄덕이고 말했다.

-옴 아저씨의 비밀을 지켜줄게요. 나도 진짜 소설 쓰겠다고 여기 들어오고 싶어 했던 거 아니거든요.

죽고 싶어서. 언니가 죽었던 자리에서 죽고 싶어서.

신율은 이 말을 삼키면서 옴을 봤다. 뭇사람들이 SNS를 읽고 판단하듯, 신념과 정의감에 들떠서 이 우주선에 들어오고 싶어 한 것이라고 알길 바랐다.

-나 배고파요. 먹을 것이 있어요?

신율이 묻자 옴이 고개를 끄덕였다. 옴은 배낭에서 컵라면을 꺼냈다. 그리고 컵라면에 부을 물을 끓이기 시작했다.

-나 여기 오는 거 할아버지한테는 비밀이에요. 할아버지가 나쁜 사람이 아니라는 건 알아요. 내가 다칠까 봐 걱정하는 것도요.

옴은 대답을 하지 않았다. 그저 속을 털어놓아서 시원한 얼굴이었다. 옴은 자식의 사진을 꺼내서 보여 주었다.

-이 아기가 아파요?

옴이 고개를 끄덕였다.

-옴 아저씨, 내가 도와줄까요?

옴은 고개를 저었다. 신율과 옴은 라면을 후루룩 빨아 먹었다. 우주선 밖에서 낯선 소리가 들리면 둘 다 젓가락질을 멈추었다.

-옴 아저씨가 그 소녀 유령이에요?

옴이 고개를 끄덕였다. 신율이 웃음을 터트렸다. 신율의 웃음이 낡은 우주선 안을 울렸다. 옴은 웃음소리가 우주선 밖으로 나갈까 걱정하는 눈치였다. 신율은 한의 모습이 떠올라 웃음을 그쳤다. 컵라면 국물을 들이마시고 나서 신율이 말했다.

-앞으로는 암호를 정해요. 내가 이 우주선에 타고 싶으면 문자로 엄지척을 보낼게요. 히치하이커가 길에서 차를 세울 때 엄지척을 하거든요. 그럼 내가 우주선에 오는 거로 알고 있어요. 어때요?

옴은 엄지척을 하면서 고개를 끄덕였다. 한글을 잘 알지 못하는 옴을 위한 신율의 제안이었다. 신율이 옴의 휴대폰에 엄지척을 보냈다. 옴이 확인하며 고개를 끄덕였다.

-필요하면 내가 영어를 가르쳐 줄게요.

옴이 말했다.

-그럼, 나는 한글을 가르쳐 줄게요.

신율이 대답했다. 신율은 옴의 작업복과 옷가지를 가지고 집으로 돌아와서 엄마가 잠든 시간에 세탁기와 건조기를 돌렸다.

우주에서는 모두가 이방인이야!

$$\cdot \quad \; \\ \; \cdot \\ \blacklozenge \quad \cdot$$

신율은 우주선 밖에 서 있었다.

신율의 눈에 우주선은 철로 만든 고래처럼 보였다. 저 고래가 헤엄치듯 우주를 날아다녔구나. 언니가 저 고래에 타고 있었구나. 신율은 볼 때마다 생각했다. 저렇게 거대한 우주선이 어떻게 옆구리가 터질 수가 있을까. 그 사람들이 다 살아오지 못했을까. 진짜 우주 어딘가에 언니가 살아서 못 돌아오고 있는 건 아닐까.

신율은 그런 가능성을 상상하다가 한의 노트를 떠올렸다. 신율이 우주선 참사 진상 규명에 대해 주장을 하는 것이 과거의 한과 비슷해서였다. 한의 노트는 신율의 배낭에 들어 있었다. 신율은 한참이나 서서 밤바람을 맞으며 1만 톤급 우주선을 바라보았다. 밤바다를 배경으로 서 있는 우주선은 우주를 떠다니는 고래를 연상시켰다. 고래의 배 안에 숨어 사는 옴이 얼마나 작은지를 생각했다. 이런 상상을 하다가 신율은 고개를 저었다.

시간이 지났어도 신율에게 우주선은 언니의 무덤이었다.

신율은 우주 고래 가까이 다가갔다. 신율의 발소리가 자박자박 경쾌하게 울렸다. 우주선 옆에 임시로 설치한 지그재그 모양의 계단이 있었다. 신율은 계단을 오르기 시작했다. 매일 밤 이 계단을 오르면서 오늘은 뭘 하면 재미있을까, 옴을 어떻게 골려 줄까, 고민하는 시간이 좋았다. 신율은 매일 밤을 기다렸다. 밤에는 해체 작업이 없고 해체공들도 없었다.

옴이 있었다. 신율은 지그재그로 만든 계단을 뛰어 올라갔다. 1층, 2층, 3층. 신율은 숨을 쌕쌕 몰아쉬었다. 입이 말랐다. 배낭 안에 들어 있는 물을 꺼내서 한 모금 마셨다. 철 계단을 오를 때마다 쟁쟁 소리가 울리면서 배 속의 장기들까지 흔들리는 느낌이었다. 밤마다 계단을 뛰어 올라가다 보면 폐가 뻐근했고 옆구리도 뻐근했다. 신율은 숨을 몰아쉬며 배 속 깊이 산소를 집어넣었다. 고여 있던 폐 속의 공기가 말끔히 바뀌어서 새로운 산소가 심장을 펌프질했다. 그러면 피가 온몸의 혈관으로 퍼져 나가는 기분이 들었다.

살아 있고, 살아가고 싶은.

신율은 밤마다 우주 고래에 와서 생명을 수혈받았다. 신율은 온몸에 피가 도는 기분을 느끼다가 흐느꼈다. 언니가 죽었던 장소에서 다시 살고 싶어지는 이 마음이 맞는 것인지. 말로 설명할 수 없고, 글로도 표현할 수 없는 이 마음을 어찌하지 못해서 눈물이 쏟아졌다. 신율은 3층 계단에서 매일 밤 울었다. 우주선에 들어가는 6층에서 울면 옴이 알고 놀랄 것이기에 3층에서 울었다. 신율은 한참 울다가 바닷바람에 몸을 떨었다. 봄밤이지만 바닷바람은 서늘했다. 눈물에 젖은 얼굴을 바닷바람이 말려 주었다.

신율은 밤마다 우주선에 와서 이 계단을 올랐기에 눈을 감고도 올라갈 수 있었다. 신율은 꼭 3층에서 멈추어 숨을 골랐다. 이 지점에서 미리 울었다. 옴을 보러 가는 길은 언니를 보러 가는 길과 같았기에.

눈물을 닦은 신율은 둘만의 암호인 엄지척을 보냈다.

신율은 다시 계단을 오르기 시작했다. 4층, 5층, 6층.

우주선 옆의 출입구로 발을 들였다. 넓은 운동장 같은 구역이 나타났다. 우주선 안에서 구명 큐브가 나가는 출구였다. 오늘은 바닥에 별 모양 야광 스티커가 붙어 있었다. 어제는 없던 것이었다. 야광별 스티커는 신율이 걸어가는 길에 붙어 있었다. 신율은 가방에서 휴대폰을 꺼내 불을 켰다. 작업 현장에 필요한 공구들과 장비가 놓여 있는 구석을 비추었다. 얼기설기

엉켜 있는 전깃줄과 소화기 옆에 '감전주의'라고 적힌 전기 시설이 보였다. 임시로 설치한 전기 시설로 전등을 밝히고, 가스 절단기를 사용하기 위한 것이었다. 그곳에서 뻗어 나온 전기 선들이 사방으로 퍼져 있었다. 그 전기함을 제외하고는 벽과 설비들이 녹슬어 있었다. 벽은 페인트가 버슬버슬 일어나 있었고, 적혀 있던 영문 글씨는 거의 지워져 있었다. 천장은 뼈를 드러낸 고래처럼 철골 구조물이 적나라하게 드러나 있었다. 천장을 받치고 있는 기둥들은 새로 설치한 구조물이었다.

'여기 있던 물건들을 해체해서 다 끄집어냈어. 그래서 텅 빈 거야.'

신율은 옴이 했던 말을 떠올렸다. 몸이 스산할 정도의 바람이 불어왔다. 신율은 손으로 어깨를 감쌌다. 우주선 밖에서보다 안에서 부는 바람이 더 차갑고 셌다. 좁은 계단을 타고 올라가자 다시 한번 넓은 구간이 나타났다. 우주선을 다 돌아보려면 두 시간이 걸린다고 했다. 우주선은 그만큼 넓고 구석구석 나눈 공간이 많았다. 신율은 둥근 중앙 홀의 계단을 지났다. 옴이 있는 직원 휴게실에 도착하자 장난기가 발동했다. 밖에서 울었던 것을 들키지 않으려고 매일 새로운 장난을 생각했다. 신율은 한을 대할 때처럼 옴을 대할 때도 밝고 명랑한 사람으로 보이길 바랐다. 상대가 우울해지지 않도록.

신율은 배낭에서 준비해 간 흰 천을 꺼냈다. 그것을 머리에 뒤집어쓰고 얼굴에 휴대폰 플래시를 비추었다. 신율은 옴이 누워 있는 것을 보았다. 신율은 소녀 유령처럼 옴의 앞에 섰다.

-옴프라카시. 옴프라카시.

반응이 없었다. 잠들었구나. 신율은 실망해서 흰 천을 거뒀다. 옴이 싱긋 웃고 있었다.

-에이, 재미없어요. 하긴 내가 오는 것을 알고 있었으니까.

신율이 토라진 듯 소파에 풀썩 주저앉았다. 신율은 영어로 말했고, 옴은 한국어로 대답했다.

-아따, 무섭다요.

뒤늦게 옴이 한의 사투리를 흉내 내며 눈을 크게 뜨고 말했다. 신율은 화난 사람처럼 입술을 내밀었다.

-신율, 나는 귀신보다 사람이 더 무섭당께요.

신율이 배낭을 열어서 과자 봉지와 빵, 컵라면을 꺼냈다. 컵라면은 고기가 들어가지 않고 채소가 들어간 베지테리언용 라면이었다.

-뭘 또 그렇게 진지하게 받아요. 물이나 끓여 주세요.

옴이 커피포트에 생수를 붓고 스위치를 눌렀다. 둘은 탁자에 컵라면을 올려놓고 수프를 들고 흔들었다.

-오다가 또 울었어요?

옴이 말했다.

-나도 아기가 보고 싶어서 울었어요. 신율, 우는 것은 부끄

러운 일이 아니에요.

신율이 생각난 듯이 휴대폰을 꺼냈다. 신율은 긴 문장은 휴대폰 통역앱을 열어 놓고 말했다.

-언니가 우주로 떠나기 전에 그랬어요. 우주로도 떠나고, 세상이 엄청나게 변한 거 같지만 늘 비슷한 게 있다고. 변하지 않는 것은 사람들이 아날로그적인 마음이 있어서라고. 특히 가족을 보고 싶어 하는 마음 같은 것들은, AI 로봇을 아무리 정교하게 만들어도 해결되지 않는 부분이라고요.

옴은 신율의 한국어를 다 알아듣지는 못한 듯 대답이 없었다. 신율이 어딘가로 영상통화를 했다.

-하이, 자페르.

화면에 나타난 아내와 아기를 보고 옴이 웃음을 터트렸다. 영상통화 요금이 많이 나와서 옴은 자주 하지 못했다. 신율은 휴대폰 데이터가 무제한이었기에 세계 어디든 통화가 가능했다. 신율이 서툰 영어로 말했다.

-오늘도 놀러 왔어요. 자페르랑 베이비 보고 싶다고 혼자 울고 있더라고요.

옴이 신율의 손에서 휴대폰을 뺏으려고 했다. 신율은 뺏기지 않으려고 도망치면서 자페르를 보며 웃었다. 자페르가 아기를 보여 주었다. 신율은 아기에게 손을 흔들며 인사했다. 아기는 더 까맣게 변해 있었다. 신율은 안쓰러운 마음에 휴대폰을 옴에게 건넸다.

옴은 자기 나라의 언어로 아내와 통화를 했다. 둘만의 애정 신호도 보내고, 아기에게도 말을 걸었다. 커피포트의 물이 끓기 시작하자 신율은 스위치를 껐다. 뜨거운 물을 컵라면에 붓고 뚜껑을 닫았다. 옴의 저녁 식사였다.

옴이 통화하는 동안 신율은 옴에게 해 줄 이야기를 생각했다. 옴에게 할 이야기는 줄곧 언니에 관한 것이었다.

-우주에서는 모두가 이방인이야.

신율은 언니와 나누던 대화를 떠올렸다.

언니는 별을 보면서 행성으로 가는 여행을 기다렸다. 행성 투어가 시작된 것은 20년 전이었다. 초기에는 교육받은 전문가만 갔지만, 행성에 시설 설치를 위해서 노동자를 데려가기 시작했다. 예멘 출신 우주공학 박사였던 신율의 아버지는 노동자로 지원했다. 신율의 아버지는 행성에 가 보는 게 꿈이었지만 이루지 못했다. 첫 번째 부인한테서 얻은 딸과, 재혼해서 얻은 신율까지 책임져야 했기 때문이다. 공부를 포기한 아버지는 노동자로 살았다. 그러다가 행성에 지원할 노동자를 찾는다는 모집 공고를 보고 행성에 가서 벽돌이라도 나르고 싶다고 말했다. 엄마는 반대하다가 임금을 열 배로 받을 수 있다는 말에 승낙했다.

아버지가 떠나던 날, 태어난 지 백일 된 신율은 엄마 품에 안겨 있었다. 언니는 아버지의 마지막 모습을 잊을 수 없다고 했다. 언니는 아버지의 마지막 모습을 여러 번 이야기했다.

-8년 전에 아버지가 행성에 일하러 갔다가 돌아가셨어. 나한테는 아버지밖에 없는데.

언니가 별을 보며 말할 때 여덟 살 신율은 서운했다.

-내가 있잖아. 엄마도 있고.

언니는 입을 다물고 있다가 말했다.

-너도 알잖아. 난 아버지 딸인 거. 새엄마는 내가 있는지도 모르고 아버지랑 결혼한 거야. 새엄마는 나를 좋아하지 않아. 난 아버지의 무덤이라도 찾고 싶어. 아버지가 일하다가 돌아가신 곳도 가 보고 말 거야. 나는 우주선 계약직 직원으로 지원했어. 행성에 갔다가 다시 돌아오는 거야. 내가 지원한 것은 아버지 때문이야.

신율은 언니의 손을 잡았다. 아기였던 신율이 훌쩍 자라서 여덟 살이 되는 동안, 언니는 충실히 우주로 갈 준비를 하고 있었다. 한국은 행성여행을 해마다 한 팀씩 보내기 시작했다. 우주선에 탄다는 기대감에 돈 많은 사람들이 지원했다. 우주에 다녀온 사람들은 우주선 회사에 돈을 투자했다. 시간이 지날수록 우주선이 우후죽순 늘어났다. 여행사마다 행성으로 향하는 패키지를 만들었다. 우주선에 탈 수 있는 인원은 최대로는

1천 명이었다. 언니가 탄 우주선은 5백 명이라고 했다.

언니가 타고 떠난 우주선에 원인 모를 사고가 났다. 4백5십 명의 사람들이 죽었다. 관광객 대부분과 계약직 직원들이 다 죽었다.

살아난 사람들은 우주선 함장과 함장실 직원이었다. 또한 그들의 가족이었다. 그들은 구명 큐브에 몸을 싣고 우주선을 빠져나갔다.

행성투어가 시작되고 처음 일어난 사고였다. 누구도 예상하지 못한 일이었다. 국가에서는 우주에서 일어난 대형 사고에서 인명을 구조해 본 적이 없었다. 구조 인력이 없어서 우주비행사와 군대가 동원되었다.

우주선 사고로 가족을 잃은 사람들이 매일 울부짖었다. 임시로 조직된 구조팀이 출발했지만, 우주에서 살아남기는 거의 불가능했다. 처음부터 구조가 아니라 시신을 수습하는 데 초점이 맞추어져 있었다. 우주선 안에 있던 시신을 일부 수습했지만, 우주로 떠내려간 시신은 찾을 수 없었다. 우주선이 넓었고 사고 후 산소 공급이 차단되었기에, 시신이 우주선 안에 남아 있을 가능성을 이야기했다.

유가족들은 사고의 원인을 알고 싶어 했다.

국가에서는 멈춰 버린 우주선을 가져온 경험이 있는 나라에 이 일을 의뢰했다. 우주선이 지구로 돌아오는 데 3년이 걸렸다. 우주선은 적당한 자리를 찾지 못하다가 이 항구도시로 왔다. 우주선은 버려지듯 항만에 놓인 채 다시 3년의 세월을 보냈다.

신율과 옴은 창이 나 있는 층으로 가서 밤하늘을 보며 라면을 먹었다.

-엄마는 아버지 보상금을 다 쓰고 난 때라 돈이 없었어요. 언니를 찾지도 못했는데, 보상금 협상을 마무리 지어 버렸어요. 언니가 오지 못하고 있을지도 모르는데.

자페르와 통화를 한 옴은 기분이 좋아 보였는데, 신율이 언니 이야기를 꺼내자 진지해졌다. 옴은 라면을 후루룩 빨아 먹으면서 신율의 이야기를 들었다. 신율이 자신의 이야기를 매일 듣는 게 지루하지 않냐고 물었을 때, 옴은 '말은 많이 들어야 느는 것'이라고 대답했다.

-나는 그래서 엄마가 싫어요. 엄마는 아빠가 언니를 데려왔을 때부터 싫어했다고 말했어요.

옴이 듣기에 신율이 언니를 포기하지 못한 게 7년째였다.

-아빠가 죽었을 때도, 언니가 죽었을 때도, 엄마는 돈만 챙겼어요.

다른 사람들이 신율을 이상한 아이로 보기 시작한 것도 7년째였다.

-나는 엄마가 너무 싫어요. 엄마는 내가 죽어야만 슬퍼할 사람이거든요.

도시의 아이들이 다 끝난 일에 집착한다며 신율을 따돌리고 괴롭혔다고 했다. 옴은 그 기분이 뭔지 잘 알고 있었다.

-언니를 찾고 싶어요.

신율이 말했다.

-신율은 언니를 찾을 거예요.

옴이 말했다. 신율은 옴의 이 말이 좋았다. 다른 사람들은 그 우주선에서 이제 그만 내려오라고 했다. 죽은 사람은 죽은 사람대로 잊어야 한다고 했다. 신율이 손으로 은하수를 가리켰다.

-언니가 저기 있을 것 같아요.

옴이 영어로 중얼거렸다.

-밀키웨이.

여기가 아니라도 저기에서 미래를 찾을 수 있어

신율은 오늘 찹쌀떡과 바람떡을 가지고 왔다.

신율은 바람떡 안에 든 고물이 팥이라고 말하며 한국인의 맛이라고 알려 주었다. 팥은 귀신을 쫓는 주술에도 사용한다고, 이 우주선에서는 꼭 먹어야 한다고 말했다. 신율이 장난기가 발동한 것 같아서 옴은 고개를 저었다.

－신율, 참 아기 같아. 그래, 저번에 언니랑 놀던 이야기했지. 언니하고 뭐 놀았어?

옴은 바람떡에는 손을 대지 않고 찹쌀떡을 먹고 손에 묻은 가루를 털었다.

－숨바꼭질.

풋. 옴이 웃었다.

-진짜, 아기 같아.

옴이 말하더니 돗자리를 폈다.

-나 그때 여덟 살이었어요. 언니랑 하던 숨바꼭질하고 싶어요.

옴은 고개를 끄덕였다.

-지금은 알라신께 기도 올리는 시간이야. 기도 끝나면 숨바꼭질해.

옴은 가슴을 쿵쿵 치더니 물을 마셨다. 신율은 소파에 앉아서 옴이 자신의 신을 향해 절을 하는 모습을 지켜봤다. 신율은 옴이 기도하는 모습을 사진으로 찍고 동영상으로 촬영했다. 그런 다음 파키스탄에 있는 옴의 아내에게 보냈다. 옴의 아내는 바쁜지 확인하지 않고 있었다. 기도를 끝낸 옴이 신율을 바라보았다.

-뭐라고 기도했어요?

신율은 기도하는 모습을 찍어서 자페르에게 보냈다며 보여주었다. 옴은 기쁜 듯이 고개를 끄덕였다.

-신율! 이 세상의 누군가가 신율을 위해 기도 올리고 있으니까 신율 무사한 거야.

신율은 바람떡 하나를 집어 먹었다.

-그래서, 뭐라고 기도했어요?

옴은 돗자리를 정리하고 손을 씻고 왔다. 옴은 다가와서 참쌀떡을 집어 먹었다.

 -내 아이가 무사하라고. 내 아이 자희르가 무사하길 바라는 기도. 알라신께서 지켜 주시라고.

신율은 갑자기 울컥해서 물었다.

 -그럼, 내 언니는 아무도 기도를 하지 않아서 그렇게 된 건가요?

옴은 참쌀떡을 먹었던 손을 탈탈 털었다. 물을 마시며 신율이 눈물을 닦고 이야기를 다시 시작할 때까지 기다렸다. 신율이 또 언니에 대해서 하는 말을 들어 주기 위해서였다. 그러나 신율은 눈물을 그치고는 멍하니 앉아 있었다.

 -언니가 갑자기 죽고 나서 나는 숨바꼭질을 한 적이 없어요. 아이들은 나랑 잘 놀아 주지 않았거든요. 언니는 예멘 사람이었지만, 편견 따위 무서워하지 않았어요. 그래서 언니가 곁에 있으면 나도 의기양양했는데…… 언니가 없으니까, 나는 자꾸 눈치를 보게 되고 남들이 나를 보는 눈빛에 주눅이 들었어요.

옴은 신율이 하는 이야기를 가만히 듣고 있다가 말했다. 신율은 휴대폰의 통역앱을 켰다.

 -우리 자희르에게는 인공심장 수술이 필요해. 그런데 자희르는 여자아이잖아. 여자아이 가슴에 수술 자국이 있으면 결혼하기 힘들 거야. 파키스탄에서는 여자로 사는 게 힘들어. 이

나라에서 나 같은 사람이 사는 거랑 비슷한 취급을 받아. 여자는 자유롭지 못해. 아니, 아니야. 우선 건강해져야지. 튼튼한 심장을 가슴에 넣어 줄 거야. 자희르도 너희 언니처럼 우주로 가는 꿈을 꿀 수 있으면 좋겠어.

옴은 소파에 풀썩 앉더니 아기의 사진을 꺼내서 들여다봤다.

-옴 아저씨, 그 사진은 아기가 더 작을 때 사진이잖아요. 지금은 컸잖아요. 휴대폰으로 보면 되는데 왜 자꾸 그 사진을 들여다보는 거죠?

옴은 사진 속 아기를 쓰다듬으며 말했다.

-이 사진은 건강한 자희르거든. 내 아이가 빨리 건강해졌으면 하는 마음으로 기도하며 보는 거야. 신율은? 언니 사진이 없어?

신율은 휴대폰에 저장해 두었던 언니 사진을 찾아서 옴에게 보여 주었다. 곱슬머리의 여자가 또렷한 눈으로 앞을 보고 있었다. 야무지게 다문 입술을 보니, 그 누구도 함부로 대할 수 없는 의지가 느껴지는 얼굴이었다. 신율과 닮은 얼굴이었는데, 신율의 인상이 좀 더 부드러웠다. 옴은 고국에 두고 온 아내의 얼굴을 떠올렸다. 파키스탄 여자들은 동그랗게 큰 눈에 속눈썹이 진했다. 입술이 두툼하고 브라운색 피부였다. 옴은 신율의 휴대폰 속 사진을 넘겨 보았다. 가족사진이 있었다. 네 사람이 들어 있었는데, 아기인 신율은 엄마 품에 안겨 있었다.

신율의 언니는 고등학생 정도로 보였다. 이 가족 중에 두 사람이 사고로 죽었다는 게 옴으로서는 믿기지 않았다. 그러나 옴도 삼촌을 잃었고, 어쩌면 자식인 자희르까지도 잃을지 몰랐다. 그 생각을 하자 옴은 심장이 조여드는 아픔을 느꼈다. 무슨 일이 있어도 자식을 지키겠다는 마음을 먹었다. 세상 그 무엇과도 바꾸고 싶지 않았다. 자희르가 자라면 여자가 자유로운 이 나라에 데려와야겠다는 마음을 먹었다. 신율의 언니도 예멘 사람이지만, 이곳에서 국적을 얻어 우주에 가지 않았나. 그러다 옴은 이시바 패거리들이 떠올라 몸을 떨었다. 이시바 패거리의 따돌림과 위협이 더 심해지고 있었다.

오늘 이시바 패거리는 옴을 구석에 데려가서 위협하며 물었다.

−너 도대체 어디서 지내고 있는 거야? 얼굴이 반질반질 좋아 보이네?

옴은 이시바 패거리를 뿌리치려고 애를 썼다.

−나는 알라신께서 돌봐 주신다.

이시바 패거리가 웃음을 터트렸다. 그들이 거칠게 웃는 소리에 한이 달려왔다.

−무슨 일이당가? 옴, 괜찮은 거냐?

이시바 패거리가 양손을 하늘 위로 올렸다. 어깨를 으쓱하며 자기들끼리 눈을 마주치며 비웃었다. 이시바가 옴을 보더니 손가락으로 하늘을 가리켰다. 옴은 알라신을 비웃는 그들에게 화를 내고 싶었지만, 비밀이 들통날까 봐 입을 열 수 없었다.

－괜찮습니다. 잠깐 이야기 중이었습니다.

옴이 대답하자 한이 다시 물었다.

－확실히 말해봐. 진짜 괜찮은 거야? 다른 일은 없었어?

옴이 고개를 끄덕였다. 이시바 패거리가 낄낄대며 인도어로 비아냥거렸다. 한이 무슨 뜻이냐고 영어로 물었다. 이시바가 대답하지 않고 비실비실 웃었다. 한은 옴에게 무슨 뜻이냐고 물었다. 옴은 별것 아니라고 고개를 저었다. 옴은 생각했다. 언제까지 이시바 패거리에게 당하고 살아야 할까.

－오늘이 언니에게 사고가 있었던 날이에요.

우주선 소파에 앉아 있던 신율이 말했다. 신율은 배낭에서 노트를 꺼냈다. 늘 지니고 다니던 노트로 한의 일기장이라고 했다.

－언니한테 편지를 썼어요. 옴 아저씨, 들어 볼래요?

옴은 고개를 끄덕였다. 신율은 발딱 일어났다.

－그래서 떡을 가지고 온 거야? 원래 한국에서는 떡이랑 음식을 접시에 놓고 절을 한다며.

옴이 말했다. 신율은 고개를 끄덕였다. 신율은 휴대폰으로 제사상을 보여 주었다. 옴은 떡을 그냥 먹었던 것이 미안했다. 옴은 가방에서 일회용 접시를 몇 개 꺼냈다. 우선 남은 떡을 접시에 놓고 다른 접시에는 사과 두 개를 올려 두었다. 남은 떡은 바람떡이었다. 옴이 접시를 상에 올리자 신율은 휴대폰 화면에 언니 사진을 띄워 접시 옆에 놓았다. 옴은 언젠가 챙겨 두었던 초를 꺼내서 켠 다음 상 위에 올렸다. 불빛이 어룽거리면서 옴과 신율의 그림자가 커졌다. 초가 타는 냄새를 맡자 신율은 가슴에 손을 얹고 숨을 깊이 들이마셨다.

 -진짜 처음이에요. 언니한테 이런 음식을 차려 준 거요. 엄마는 정말 싫어했거든요. 나보고 빨리 잊어버리라고만 하고. 언니가 어딘가 있을 것 같아서 제사상이라는 말을 할 수 없었어요. 하지만 언니가 어디에 있든지 굶지 않고 배부르고 행복했으면 좋겠어요. 고마워요. 진짜. 옴은 최고의 친구예요.

 신율은 울먹이며 말했다. 옴은 신에게 기도할 때 펴는 돗자리를 탁자 앞에 깔았다. 신율은 그 위에 올라가서 절을 했다. 눈을 감고 선 신율이 옆에 옴도 서서 고개를 숙였다. 잠깐 기도를 한 옴은 고개를 들고 말했다.

 -슬퍼할 필요는 없어. 우주 어딘가 좋은 곳에 있을 거야. 내가 인사해도 돼?

 신율이 고개를 끄덕였다.

 -안녕하세요. 옴프라카시라고 합니다. 편하게 옴이라고 부

르시면 됩니다. 신율이 친구입니다. 신율이를 많이 걱정하실 것 같아요. 늘 혼자였으니까요. 그렇지만 이제 걱정하지 마세요. 라한 부장님도 있고, 저도 있으니까요. 신율이 심심하거나 외롭지 않게 잘 놀아 주고 돌볼게요. 우주는 어떤가요? 어디 계시더라도 제가 언니분을 위해서 알라신께 기도를 올릴게요. 우주에서도 천국에서도 잘 돌봐 주시고, 행복하게 해 주시라고요. 우리나라 말에 친구의 친구는 내 친구라는 말이 있답니다. 신율의 언니이니 저한테도 친구입니다. 저는 이 우주선을 해체하는 일을 하고 있어요. 매일 밤 이 우주선에서 잠을 자고요. 신율은 밤이면 저한테 놀러 온답니다. 그러니까, 언제든 이곳에 와서 신율이를 보고 가세요. 신율은 여전히 개구쟁이에 귀여운 소녀랍니다.

옴은 한참 더 이야기했다. 신율은 옴이 마치 언니가 옆에 있는 것처럼 이야기를 하는 게 신기했다. 언니를 언제 봤다고. 신율은 옴의 말을 들으면서 마음이 편안해지는 기분을 느꼈다. 옴은 신율이 안에 할머니가 들어 있다고 말하곤 했다. 언니의 죽음 같은 사건을 겪고 나면 속에 할머니가 여러 명 와서 진을 치고 있다는 걸, 상처받지 않은 사람은 모른다.

-이제 편지를 읽어. 여기 어디 와 있을지 모르잖아.

언니에게

언니 우주 날씨는 어때. 추워? 더워? 언니는 더운 나라에서 태어나서 매일 추위를 탔잖아. 포근한 봄과 여름을 제외하고는 늘 손이 시리다고 말했지. 어린 내 손을 꽉 잡고 내 손이 따뜻해서 잡기 좋다고 말했어. 언니, 나는 나이를 일곱 살이나 더 먹어서 벌써 열다섯 살이 되었어. 언니가 죽고 나서 매일 언니를 잊지 않기 위해 노력했어.

언니가 너무 보고 싶었어. 나는 기억도 못하는 아빠보다 언니가 더 그리워. 언니는 내 아빠이면서 언니야. 언니는 내 세상이었고, 지금도 내 세상의 기준이야. 절대 세상에 지지 말라고, 네가 꿈꾸는 세상을 만들라고. 언니가 어린 내 두 눈을 보면서 말했잖아.

신율아, 저 우주가 보이니?

세상은 우리가 생각하는 것보다 넓고 기회가 많단다.

여기가 아니라도 저기에서 우리의 미래를 찾을 수 있어.

기억하렴. 저 드넓은 우주에서는 모두가 이방인이야.

세상에 이겨 낼 수 없는 슬픔은 없단다. 실컷 울고, 이겨 내.

언니는 내 두 손을 잡고 말했었지.

아버지가 우주로 떠나기 전에 언니에게 한 말이었다고.

언니 나는 조금씩 슬픔을 이겨 내고 있어. 친구들이 생겼거든.

라한 할아버지와 옴 아저씨 말이야. 자페르 언니와 귀여운 내 동생 자희르까지. 모두 내 친구고 가족이야. 오늘 언니의 사고가 난 지 7년째야. 사람들은 이 우주선을 보면서 애도하는 일도 조금 지쳤다고 말해. 나는 언니의 마지막 모습을 보지 못했는데, 어떻게 멈춰. 하지만 나는 슬퍼하면서도 이제 나를 조금씩 찾아갈 거야.

미래를 준비해서 언니가 있는 우주로 갈게. 나한테는 여기가 끝이 아니야. 그러니, 언니 어디에 있든 나를 기다려 줘.

-언니의 사랑하는 동생 신율.

침묵이 흘렀다. 옴은 소녀 신율 안에 들어 있는 무한한 슬픔과 지나치게 큰 세상을 보았다. 슬픔이 신율을 어른으로 만들었다. 옴은 자신의 아기 자희르에게 줄 미래도 밝을 거라는 생각이 들었다.

-이제, 언니와 하던 숨바꼭질해요.

갑자기 어린아이의 목소리로 돌아온 신율이 말했다. 다 울었는지 목소리까지 유쾌했다. 그때 옴의 휴대폰이 울렸다. 한이었다.

-네. 괜찮습니다. 저녁을 사 주신다고요?

옴의 통화 소리를 듣고 신율이 실망한 얼굴이 되었다.

-내일 저녁을 먹어도 될까요? 오늘은 방금 먹었습니다.

신율의 얼굴이 밝아졌다. 내가 숨어요? 통화가 끝나기 전에 신율이 입술로 말했다. 옴이 고개를 끄덕였다. 옴은 하루의 노동이 피곤했지만, 오늘만은 신율과 놀아 줘야겠다고 생각했다. 자희르가 자라면 자희르와도 이렇게 놀아 줘야지. 옴은 생각하고 눈을 감았다. 신율이 숨기를 기다렸다.

-찾는다?

이곳은 중앙 통로와 계단을 제외하고는 위험했다. 중앙 통로와 계단에 있던 물건들은 밖으로 빼냈지만, 칸칸이 나뉜 공간의 물건들은 해체하기 전이었다. 중력이 없는 우주는 무한히 힘이 센 법이다. 우주선은 날카롭게 부패해 있었다. 이렇게 변한 우주선 안은 숨을 곳이 많았고 위험했다. 옴은 이 생각이 들자 눈을 번쩍 뜨고 신율을 찾기 시작했다. 계단을 밟는 신율의 발소리가 들렸다. 위로 올라가는 걸까, 아래층으로 내려가는 걸까. 밤이라 더 어두웠다.

-길로만 다녀. 여긴 위험해.

옴이 걱정이 돼서 외쳤다. 옴은 신율의 발소리가 나는 곳으로 달려갔다. 넓은 중앙 통로는 바닥이 단단한 강철이라 뛰어도 소리가 들리지 않았다. 층을 오르내리는 사이드의 계단은 얇아서 뛰는 소리가 들렸다. 손바닥 하나만 잘못 짚어도 사방에 튀어나온 쇠에 다칠 것이었다. 우주선을 돌리는 배관과 전기와 통신이 통하기 위해 설치한 내관이 벽을 뚫고 나와 날카로웠다. 사람들이 사용하던 변기도, 양철로 된 욕조도 깨지고 찌그러져 뾰족했다. 사람들을 편하게 해 주었던 물건들이 사람들을 공격하는 무기가 돼 있는 셈이었다.

옴은 혹시나 해서 계단 옆 구석을 보았다. 신율은 없었다. 옴은 사람들이 제일 많이 죽어서 발견된 곳으로 갔다. 침실이었다. 남은 산소를 아껴 마시며 그들은 기다리고 있었다고 한다. 누군가 구하러 오길.

그곳은 텅 비어 있었다. 칸으로 나누어졌던 방을 다 뜯어내 해체했기 때문이다. 그것들을 두고는 작업자가 발을 들일 수 없었다. 집기들이 빠져나가고도 기둥과 지지대는 남겨 두었다.

침실에도 신율은 없었다. 옴은 살아남은 직원들과 직원의 가족들이 모여 있던 공간으로 갔다. 바닥에 방 모양의 틀만 남아 있는 곳이었다. 신율은 없었다. 옴은 두려웠다. 이러다 신율이 완전히 사라져 버리면 어쩌지? 이 넓은 우주선을 밤새 뒤지고 다닐 수는 없었다. 옴은 한 층을 오르고 또 한 층을 오르며 절망했다. 사람들이 사용했던 공간은 끝이 없었다. 주방에는 중앙 조리대가 그대로 남아 있었다. 공동 사우나에도 타일이 일어나 있었다.

제일 꼭대기 층으로 갔다. 그곳은 우주를 보기 위한 창이 있는 방이 있었다. 신율은 그 방에서 한쪽 벽을 보며 서 있었다.

숨바꼭질은 숨는 것인데 몸을 숨기지 않고 유령처럼.

　-신율?

　신율은 옴을 향해 돌아서지 않았다. 슬퍼하느라 자라지 못한 유난히 작은 몸이 단단히 박힌 못처럼 서 있었다. 신율이 바라보는 벽을 옴은 휴대폰으로 비추었다. 녹슨 얼룩이 중앙에서 번지듯 퍼져 있었다.

　-찾았다. 이제 네가 술래야.

　옴이 밝게 말했지만, 신율은 미동도 하지 않았다. 옴은 두려웠다. 이 우주선에서 나온다는 유령인가. 진짜 신율인가. 장난꾸러기 어린아이인 신율의 뒷모습이 저랬던가. 옴은 신율이 저대로 움직이지 않고 아침이 되면 맞닥뜨릴 현실이 걱정되었다.

　-신율.

　옴은 휴대폰 시계를 확인했다. 10시가 되어 가고 있었다. 종일 불 앞에서 일했던 옴은 한숨이라도 자야 다시 일할 기운을 찾을 것이었다.

　-괜찮은 거야?

　옴이 물었다.

　-이 얼룩을 보니까 이상하게 가슴이 아파요. 보고 있으니까, 슬퍼요.

　옴은 신율에게 다가가 얼굴을 보았다. 신율은 얼룩을 보면서 울고 있었다.

　-혹시 여기일까요? 언니의 마지막 숨이 멈춘 곳이.

　신율은 벽을 쓰다듬었다. 스산한 한기가 바람을 타고 들어왔다. 창으로 밤하늘의 별들이 보였다. 은하수가 쏟아질 듯 빛을 냈다.

　-신율, 그거 알아? 우리가 있는 곳도 우주 중 하나야. 밤마다 신율은 이 우주선을 타고 우주를 여행하고 있었던 거야.

　옴이 말했다. 신율은 벽에 손을 댄 채 중얼거렸다.

　-고마워요. 옴 아저씨. 오늘은 이 우주선을 타고 언니가 좋아하는 음식을 배달할 수 있었네요. 사실…… 바람떡은 언니가 제일 좋아하던 음식이었어요.

라한과 시원

해체 작업을 진행하는 우주선 내부는 살을 녹일 듯 뜨겁다.

붉게 녹슨 쇠는 언제 머리 위로 떨어질지 모른다. 안전모를 쓰고 고글을 쓰고 방독마스크를 쓰고 작업용 글러브를 끼고 안전화를 신으면 체온은 40도가 된다. 유독가스가 자욱하다. 푸른 불꽃이 사방에서 튄다. 쇠를 잘라 내는 소리가 귀를 파고든다. 온몸이 땀에 젖는다. 숨이 쉬어지지 않는다. 유독가스가 눈앞을 가려서 시야 확보가 어렵다. 쇠가 녹고 잘린다. 쇠가 비명을 지른다.

한이 파이프를 자르며 몽롱한 정신으로 앉아 있을 때 비명이 들렸다. 한은 쇳소리와 구분되는 옴의 소리를 들었다. 가스 절단기를 껐다. 쓰러져 눈을 가리고 있는 사람은 예상대로 옴이었다. 한은 옴에게 뛰어갔다. 잠시 작업을 멈추라는 신호를 보냈다.

-고글을 벗지 말랑께.

한이 달려들어 옴의 눈을 수건으로 가리며 말했다.

-휴게실 소파에 놔두었던 고글이 없어졌습니다.

옴이 피가 흐르는 와중에도 한국말로 변명을 늘어놓았다.

-119 불러.

한이 소리쳤다.

-괜찮습니다. 우리나라에서는 아무것도 아닙니다. 저 일할 수 있습니다.

한은 다시 구급차를 부르라고 소리쳤다. 아무도 반응이 없었다. 나머지 직원들이 한국말이 서툰 외국인이라는 생각이 퍼뜩 들었다. 한은 휴대폰을 주머니에서 꺼내 구급차를 불렀다.

-너 고글 안 쓴 거 알려지면 산재보험이 안 된당께. 외국인 노동자라도 나랏일 할 때는 보호해 줌께, 그냥 병원에 가서 누워 있으랑께. 알겠냐. 옴아?

한은 영어와 한국어를 섞어서 대충 설명했다.

-고맙습니다. 부장님.

손발이 달려 있고 죽지 않은 것을 감사하며 옴은 신에게 중얼중얼 기도했다. 한은 나머지 아홉 명의 기술자들을 둘러

봤다.

사람들은 알까.

이 우주선을 해체하기 위해 가난한 나라 사람들이 다치고
있다는 것을.

한은 아홉 명의 눈치가 이상하다는 것을 알아차렸다. 옴과
나머지 아홉 명의 사이는 점점 더 냉랭해졌다. 한은 그들이 왜
그러는지, 원하는 것이 무엇인지 몰랐고 이 일을 해결할 방법
을 찾지 못했다. 옴이 고립되고 위험한 상황이라는 짐작만 들
었다. 옴은 자신의 처지를 하소연하지 않았다. 늘 그들을 두둔
했다. 한은 옴을 이해하지 못하면서도 옴이 좋은 사내라고 생
각했다.

한은 우주선 안을 밝힐 조명을 달아 놓은 내부를 둘러봤다.
환풍기가 돌아가고 있었지만 유독가스는 빠져나가지 않았다.
자른 쇠를 우주선 위로 올려놓으면 밖에 있던 크레인이 바닥
으로 옮겼다. 작업을 시작하고 옮긴 쇠들이 방수포에 덮여 있
었다. 반대쪽 펜스에는 수출용 자동차들이 줄을 맞춰 서 있었
다. 모하도 사람들이 반대하는 플래카드를 붙여 놓았지만, 이
녹슨 쇠붙이들은 가까운 모하도로 옮겨질 것이다. 그다음은?
모른다. 이 위험하고 녹슨 쇠를 도대체 어디에 쓰려고 사람들
을 잡아가며 정성스럽게 자르고 모으고 있는지.

한은 그저 이 자리에서 우주선을 치우고 싶었다.

옴의 눈이 나을 때까지 작업을 쉬게 해야겠다고 생각하면서 한은 오늘의 작업을 마무리했다.

현장 경험 40년으로 볼 때 사고는 그냥 나는 게 아니었다. 옴은 작업용 고글을 착용하지 않고 일을 했다. 고글을 착용했다면 붉게 익어 날아오는 쇳조각이 눈에 튀는 사고는 막을 수 있었을 것이다. 한은 옴의 사라진 고글이 나머지 아홉 명의 사내 중 하나의 손을 탔을 거라고 짐작했다. 한이 관리자로서 그들을 관찰한 결과 옴의 따돌림은 점점 심해지고 있었다. 위험천만한 현장에서 동료의 도움을 받을 수 없다는 게 얼마나 더 위험한 상황으로 작업자를 몰고 가는지, 한은 잘 알고 있었다. 조선소에서 일할 때 몇몇 동료가 그렇게 죽었다. 혹은 추락해 팔다리를 잃었다. 한이 옴에게 신경이 쓰이는 건 옴에게 동료가 없어서였다. 옴은 밥도 따로 앉아 먹었다. 옴에게 말을 거는 사람이 없었다. 작업에 필요한 최소한의 말을 건넬 때도 험악한 눈빛으로 말했다. 한이 알아들을 수 없는 인도 욕도 하는 것 같았다. 한이 옴을 감쌀 수는 있지만 옴을 지켜 낼 수는 없었다.

한은 옴을 병원으로 옮겼다.

-그들이 너한테 왜 그러는 거냐? 옴.

한이 물었다. 옴은 망설이며 대답하지 않았다. 한은 속이 탔다.

-옴, 이것은 심각한 문제야. 앞으로 더 위험한 작업을 계속해야 할 텐데. 저들이 마음먹으면 너를 죽일 수도 있어. 나한테 말을 해 줘.

옴은 입을 오물거리며 말을 하려고 하다가 눈에 통증이 오는지 앓는 소리를 냈다. 한이 간호사를 불렀다. 간호사는 진통제를 놓았다.

-가난한 사람들이 더 가난한 사람들을 잡는당께.

한은 옴의 아이가 아빠가 다쳤다는 소식에 눈이 더 커질 것을 안타까워하며 중얼거렸다. 한은 픽업트럭을 끌고 동네에 도착해 느릿느릿 걸었다. 평소 같으면 5시까지 이어질 작업이 사고로 3시에 끝났다.

한은 카페 앞을 지나가며 마당을 들여다보았다. 신율이 탁자에 앉아 책을 읽고 있었다. 한은 신율과 심각한 이야기를 나눴던 것이 후회되었다. 한은 신율에게 옴이 다쳤다고 이야기하고 싶었다. 같이 병원에 가자고도 말하고 싶었다. 한이 걸음을 멈추고 있자 신율이 고개를 들었다. 신율이 책과 오미자차를 들고 다가왔다. 책은 전에 읽던 책이었다. 신율은 한에게 오미자차를 주면서 웃었다. 한은 망설이다가 오미자차를 받았다.

-이 책에 시원이 나오거든요. 저처럼 다른 사람들이 말려도 끝까지 버티던 여자예요. 왜 그러냐고, 이제 그만하라고 다들

말해요.

'시원'이라는 이름에 한은 말문이 막혀서 가만히 듣고 있었다. 흑백필름 같은 50년 전 기억이 되살아났다. 한은 신율이 저번부터 '시원'이라는 이름을 꺼내는 것이 이 책 때문이라는 생각을 하고 있었다. 순간 숨이 가빠진 한은 숨을 몰아쉬다가 바닥에 주저앉았다.

—할아버지 왜 그러세요? 할아버지.

한은 까무룩 꺼져 가는 정신을 잡고 눈을 떴다. 한은 들고 있던 오미자차 컵을 던졌다.

—너는 왜 내 속을 자꾸 쑤시냐. 너는 누구냐? 어디서 왔냐? 왜 나한테 이러냐?

한은 신율이 부축하고 있던 팔을 빼내고 동네가 떠나가도록 소리를 질렀다. 신율만 아니면 이 아이만 가까이하지 않았으면, 그 일을 잊고 살 수 있었을 것이다. 한은 욕을 퍼부으면서 소리를 질러댔다. 되는대로 말을 쏟아냈다. 뭐라고 퍼붓는지 잘 몰랐다. 신율은 한을 바라보다가 고개를 숙이고 눈물을 흘렸다.

한은 신율이 아니라 시원에게 화를 내고 있었다. 한은 자신이 뭐라고 하는지도 모르고 고함을 지르다가 시원을 불러냈다. 한이 사랑했던 여자 시원.

한은 집으로 들어와 소파에 기절하듯 누웠다. 잠깐 잠이 들었다가 땀을 흘리며 깼다. 한은 샤워를 하러 들어갔다. 찬물을 끼얹고 나니 정신이 돌아왔다. 한은 소파에 앉아 고양이를 쓰다듬으며, 신율에게 화를 냈던 것을 후회했다. 그때 한의 휴대폰이 울렸다.

  -병원인데요. 그 외국인 노동자가 퇴원해서 돌아갔어요. 관리자분께 전해야 할 것 같아서요.

  한은 서둘러 전화를 끊었다. 그리고 옴의 휴대폰 번호를 눌렀다. 신호는 가는데 전화를 받지 않았다. 한은 외국인 노동자들의 숙소에 찾아갈까 하다가 이시바의 얼굴이 떠올랐다. 한은 직장 밖에서 이시바를 상대하고 싶지 않았다. 한은 망설이다가 대문을 열고 나왔다. 문 앞에 포장된 음식이 놓여 있었다.

  '순댓국 좋아하시죠? 죄송해요. 할아버지. 저는 할아버지에 대해서 잘 안다고 생각했어요.'

  한은 메모를 구겨 주머니에 넣었다. 집에 들어가 포장을 풀자 고양이가 다가와 한의 다리에 몸을 비볐다. 한은 잊고 있던 허기가 몰려왔다. 순댓국에 밥을 말아 정신없이 입에 퍼 넣었다. 그때 다시 휴대폰이 울렸다. 옴인가 싶어 받았는데 동생 열이었다.

  -주말에 부모님 제사요. 잊어 분 것은 아니지라? 내일 토요일인께, 저녁때 왔다가 하루 저녁 주무시고 가시요.

  한은 입에 물고 있던 순대를 씹으며 잊지 않았다고 대답했다. 한은 순댓국에 소주를 한잔 곁들여 마시고 잠이 들었다. 꿈 속에서 한은 스물한 살로 돌아가 있었다.

스물한 살의 한은 시원과 함께 앉아 있었다. 참사가 일어나고 3년이 지난 때였다.

ㅡ순댓국이야, 먹어 봐.

부모가 죽고 난 후, 한이 슬퍼할 때였다. 시원이 한을 불러 순댓국을 사 주었다. 뻘건 국물에 떠다니는 순대와 고기 냄새에 한의 입안에 침이 고였다. 한이 살던 섬과 마을에는 순댓국이 없었다. 한은 처음 먹어 보는 맛이었는데 푹 우려낸 뼈 국물에서 깊은 맛이 났다. 한은 눈물 콧물 훌쩍이며 국물에 밥을 말아서 먹었다. 한은 부모가 죽고 내내 허기진 속이 든든하게 차오르는 기분이었다. 시원이 자기 몫의 순댓국까지 한의 앞으로 밀었다. 한은 부모가 죽고 나서 이런 배려가 또 처음이었다. 따뜻하고 고마웠다. 시원은 그 배의 진상 규명 운동을 하다가 만난 사이였다. 아니다. 한은 그 전에 시원을 보았다. 그 배에서 살아남은 학생들이 항에 도착했을 때였다. 그때 시원은 교복을 입고 울부짖고 있었다. 한은 그 섬의 고등학생이었다. 한은 사고가 났다는 말을 들었고, 아버지가 배를 몰고 학생들을 구하러 간다고 하길래 항에 갔던 것이다. 한의 아버지와 어머니는 말했다. 너랑 열이만 한 아그들이어야. 어떻게 모른 척하겠냐. 어른으로서 그라믄 안 되제. 한은 아버지가 어선을 몰고 나가는 것을 보았다. 그 항에서 아버지를 기다리다가 시원과 학생들이 돌아온 것을 보았다. 한은 시원이 우는 모습을 잊을 수 없다. 그 후 진상 규명 집회에서 시원을 봤지만, 모른 척했다. 고등학교 내내 입시를 포기하고 더 열심히 집회에 나갔을 뿐.

한은 시원의 친절에 내장까지 데워졌다. 한은 깍두기를 씹다가 소매로 눈을 훔쳤다. 씹지도 않고 순댓국을 떠 넣는 한을 바라보던 시원이 술을 시켰다. 한은 순댓국처럼 술도 처음 먹는 것이었다. 시원이 따라 주는 대로 목에 털어 넣은 한은 쓰디쓴 그 맛에 금세 취했다. 한은 울었던 것이 민망해서 숟가락질을 멈추지 않았다.

한 그릇의 순댓국이 한의 세상을 바꾼 순간이었다.

세상에는 뭔가를 바라지 않고 타인에게 베푸는 친절도 있으며 그것이 국밥 한 그릇에 담길 수도 있다는 것을, 한은 눈물과 함께 배웠다. 한은 이 마음을 언젠가는 시원에게 갚으리라 결심했다. 시원에게 국밥을 백 그릇, 천 그릇 사 주리라 마음먹었다. 그래도 다 갚을 수 없다면 평생 곁에 두고 싶었다.

─친구 하장께.

한이 말했다. 시원이 고개를 끄덕였다.

길고 긴 잠을 깬 한은 그것이 다 꿈이 아니라는 것을 알았다. 한이 노트에 적은 내용이었다. 한은 노트를 어디에 두었던가, 찾기 시작했다. 그러다 오늘이 토요일이며 부모의 제사에 가야 한다는 사실을 퍼뜩 깨달았다. 고향 섬까지 트럭을 운전하고 가면 한 시간이었다. 다리가 놓인 섬은 차로 이동이 가능했다. 한은 제사에 가기 위해 몸을 씻었다.

한은 부모의 제사가 끝나고 동생 집에서 하루를 더 묵었다. 신율이 때문에 마음이 소란스러웠다. 새안시로 돌아오면 옆집에 신율이 있고, 신율을 보면 어른으로서 사과를 해야 할 것이었다. 신율은 하필 순댓국을 놓고 가서 사람을 심란하게 하는지 모를 일이었다. 월요일 새벽에 한은 더는 버티지 못하고 새안시로 돌아왔다. 한은 도착하자마자 출근을 했다.

한은 출입구를 통과해 펜스 문을 열었다. 한이 우주선으로 올라가는 계단을 향해 걸어가고 있을 때, 뛰어오는 발소리가 들렸다.

-라한 씨, 신율 양 실종 사건의 용의자로 긴급체포합니다.

펜스 안으로 들어온 경찰이 한의 눈앞에 서 있었다.

-뭐? 누구?

한이 다시 물었다.

-신율이요. 신율 양의 마지막 행적이 라한 씨 집으로 밝혀졌습니다.

한은 순댓국을 집 앞에 놓고 간 신율이 떠올랐다. 한의 입안에 순댓국 국물 맛이 감돌았다. 그때 한은 얼마 전 들었던 불길한 기운이 주변을 맴도는 것을 느꼈다. 한은 잡아떼기로 마음먹고 소리쳤다.

-그게 누구냐고. 나는 모른당께.

경찰은 휴대폰을 꺼내 신율이의 사진을 한의 눈앞에 내밀었다.

-라한 씨 옆집에 사는 열다섯 살 먹은 중학생입니다. 이제 잘 아시죠?

경찰이 입꼬리를 올리며 물었다.

한은 경찰차로 끌려가면서 숨을 몰아쉬었다. 아침부터 열기를 머금은 남쪽의 해가 작은 바늘처럼 내려와 한의 얼굴과 목을 찔렀다. 한의 얼굴을 항만의 바람이 핥고 갔다. 한은 잠시 뒤를 돌아 낡은 우주선을 올려다봤다.

오늘은 작업할 수 없다고 인도 인부들에게 알려 줘야겠다고 생각하며. 그런데, 신율은 어디로 간 것일까. 한은 고개 숙이고 울던 신율의 마지막 모습을 그려 보았다. 나는 모른다고 하자. 한은 마음먹고 입을 다물었다.

-왜 나한티 이라요?

얼떨결에 경찰서에 잡혀 온 한은 정신이 돌아오자 큰소리를 쳤다. 얼굴도 머리통도 밤송이처럼 동그란 경찰이 노트북 자판을 두드리다가 한을 보았다.

　–신율 양이 어젯밤 사라졌는디. 마지막 동선이 라한 씨 집이구만이라. 핸드폰도 딱 거기서 꺼져 부렀어라.

　경찰은 권위적인 말투를 구사하면서도 사투리를 썼다.

　–우리 집이라. 말도 안 돼라. 그 아이가 왜 우리 집에 왔다요. 나는 토요일에 부모 제사 지내러 갔다가 오늘 새벽에나 왔당께라. 옷만 갈아입고 일하러 왔는디. 우리 집에서 갸를 본 적이 없당께라. 갑갑해 죽어 불겄네.

　한은 답답하고 긴장돼서 불뚝 튀어나온 배를 연신 긁었다. 사타구니에 땀이 차고 온몸이 끈끈했다.

　–그쪽 집으로 들어가는 게 CCTV에 찍혔당께라. 신율 양은 만 18세 미만 아동 청소년보호법이 적용된께. 하루 만에도 실종 신고가 가능하고 용의자는 긴급체포가 가능하당께라.

　경찰이 노트북 화면을 한한테 보여 줬다. 한의 집 대문으로 들어가는 신율의 모습이 보였다.

　–쟈는 열쇠를 어디서 났으까잉.

　한이 중얼거렸다.

　–신율 양과 어떤 관계입니까.

　경찰이 자세를 바로 하듯 표준어를 사용해 말했다. 한은 긴장한 경찰의 낯을 보며 변명이라도 해야 할 것 같았다.

　–그냥, 잘 모르는 아이여라.

경찰은 자판을 톡톡 두드렸다. 경찰의 표정을 보니 한을 떠보고 속을 들여다보는 눈치였다. 한은 정신을 바짝 차리려고 자세를 고쳐 앉았다. 한은 눈에 힘을 줬다. 한은 화가 났지만 경찰 앞에 가면 입이 떨어지지 않고 주눅이 들었다.

―신율 양과 마지막 만난 곳은 어딥니까?

한은 고함을 지르던 카페 앞을 떠올렸다.

―며칠 전에 카페 앞에서 봤어라.

경찰은 좀 더 신중하게 말했다.

―신율 양 어머니가 당신을 의심하고 있습니다.

한에게 질문하는 모양이 한을 범인으로 확신하는 것 같았다.

―아따. 그 집 엄마는 소설을 쓰는갑소. 딸내미가 소설 쓰는 작가가 되겠다고 설치고 댕겨 쌓등만. 성가셔 죽겠네. 내가 상대 안 할라고 얼마나 난리였는디.

경찰의 눈이 가늘어졌다. 한은 등에 식은땀이 났다. 어쩐지 말을 할수록 점점 더 엮여 들어가는 기분이었다.

―그 우주선 안 있소. 내가 우주선을 해체 작업하는디. 나를 인터뷰하고 싶다고 했당께요.

경찰이 입꼬리를 올리며 웃었다.

―말이 되는 소리를 하십시오. 고작 열다섯 살 중학생이 무슨 작가이고 인터뷰한다고 했다 그러십니까. 신율 양 어머니도 그런 말은 없었습니다.

한은 기가 막혔다.

-나를 석 달을 달달 볶았당께라. 그 여자아이가. 아따 참말로 징하게 말을 안 들어 먹는구만.

경찰은 고개를 바짝 세우고 말했다.

-그래서, 신율 양을 죽였습니까? 석 달을 볶여서?

한이 주먹으로 책상을 쳤다.

-미쳤는갑다 진짜. 사람을 어떻게 보고 지랄이여. 지랄이.

경찰은 날카로운 말투로 말했다.

-여자아이가 어떻게 라한 씨를 괴롭힙니까. 라한 씨가 여자아이를 괴롭히면 몰라도요. 보니까 아직 기운도 짱짱하신 분이구먼요.

한은 더는 말하고 싶지 않았지만 마지막으로 외쳤다.

-내가 아직 기운은 좀 쓰요. 일평생 막일하던 사람잉게. 기운 없으믄 딱 숟가락 놓고 디져야제. 안 그라요? 내가 안 먹겠다는 냉커피랑 오미자차를 매일같이 내 앞에 디밀었어라. 신율이가. 하다 하다 내가 할 수 없이 받아 마셨당께라.

경찰은 한의 말을 믿는 것 같지 않았다. 한은 막막한 기분에 휩싸였다.

-라열을 불러서 내 알리바이를 확인해 보시오. 주말을 같이 보낸 내 동생이요.

경찰이 고개를 끄덕였다. 한의 불안한 눈빛은 열여덟 살에

가 있었다. 고향 섬에서 죽은 아이들을 봤던 때. 한의 부모가
아이들을 구하러 갔다가 돌아왔을 때. 한이 입시를 포기하고
고등학교 시절 내내 그 배의 일에 매달려 부모 속을 썩일 때로
돌아갔다. 부모는 3년 후 돌아가셨다. 사고였지만 한은 자신
의 탓 같았다. 그때 시원을 만났고 한은 계속 그 배의 일에 매
달렸다.

  ―오매, 징하게 맛있게도 자시네.
  한이 순댓국 국물을 정신없이 입에 퍼 넣자 열이 말했다. 한
은 깍두기를 집어서 우적우적 씹었다. 한은 순댓국을 처음 맛
봤던 지난날을 떠올렸다. 세상에 이런 국물이 있다는 것을 태
어나서 처음 알게 된 날이었다. 부모를 잃은 허기가 기름기를
당겼다. 그 순댓국은 벌건 국물에 얼큰했다. 한은 돼지고기와
순대가 떠다니는 뽀얀 국물에 양념장을 넣고 휘저었다. 신율
이 두고 갔던 순댓국의 뒷맛이 혀끝을 맴돌았다. 순댓국 이야
기는 경찰에 하지 않았다. 밥까지 챙겨 주는 사이는 뭐냐고 물
어볼까 봐 말을 할 수 없었다. 그냥 모르는 사이라고 잡아떼는
게 신율이에게도 한에게도 좋을 것 같았다. 한은 그간 보았던
신율의 모습을 떠올렸다. 항만의 밤에, 새안산에서, 매일 카페
앞에서. 다 안다고 생각했지만 사람 속은 모르는 것이었다. 신
율은 어딘가 숨어 있다가 나타날 것이고, 한은 그 시간까지만

버티면 될 일이었다. 어딘가 숨어 있다면 혹시 옴이 알지도 몰랐다. 아니면⋯⋯.

-그 여자애는 어떻게 알게 됐소.

한은 숟가락을 놓았다. 취조실에 노인 냄새와 순댓국 누린내가 휘돌았다.

-너도 내가 그 애기를 어떻게 한 거 같냐? 나랑 상관없당께. 왜 그 애기는 우리 집에 몰래 들어가서는 이 난린지 모르겠다. 나야 그 애기가 옆집으로 이사 와서 봤제. 그런 애기 볼 일이 뭐가 있다냐.

열은 한의 말을 듣고 마음이 놓이는지 몸을 의자 등받이에 기댔다.

-저 사람들 형님 그거 안 되는 거 아능가?

열의 말에 한의 낯이 붉어졌다.

-너 그 말 하믄 뒤진다. 나 늙어서 먹고살기도 힘든디 감옥에서 콩밥 먹다 콱 죽어 불란다.

한이 물을 마셨다. 열은 형을 걱정스러운 눈빛으로 보다가 말했다.

-그 애기가 SNS 스타라등만. 그 우주선 있잖여. 그 우주선 사고 때, 이 애가 초등학생이었다대. 그때부터 이 일을 파고 다녔능갑대. 3년 전에 이짝으로 이사 온 것도, 즈그 엄마 들볶아서 그 우주선 있는 지역 가까이로 올라고 해쌓다고 하등만. 그

우주선이 새안시로 오기 전에 가까운 섬에 있었잖여. 그 애기가 새안시로 오고 나서 뭔 조화인가 그 우주선이 신항만으로 들어온 거여. SNS에서 그 애기 찾아내라고 사람들이 지금 난리라대. 애 엄마가 형님이 범인 같다고 해서 아주 형님을 잡아 묶어 불라고 한당께. 근디 기다려 보소. 내가 알아봉께, 긴급체포는 48시간 안에 증거 안 나오믄 풀어 줘야 한답디다. 여기서 조금만 참으쇼. 알았소?

한은 마음이 놓였다.

─너는 젊다야. SNS도 알고. 아따, 늙도 않고 신세대랑께. 나도 걱정 한 개도 안 해야. 내가 죄가 없는디. 뭔 염병한다고 잡어 놓겄냐. 그나저나 그 우주선을 올해 안에 싹 해체할라 했등만. 다 글러 부렀네. 내가 여기 들락거렸다고 거기 들여놓겄냐 말이다.

열은 탁자에 놓인 한의 손등을 툭툭 쳤다. 검붉게 타고 손톱이 깨진 손이었다. 가스절단기 불에, 용접하는 불에, 익었다가 살아난 손이었다.

─형님 혹시라도 그라고 말하지 마소. 알았는가? 모하도 사람들이나 그 우주선 새안시에 놓는 거 반대하제. 다른 사람들은 관심도 없당께. 애기들 데리고 주말에 거그 가서 보여 주고 그란당께. 이 우주선이 사고 나서 사람들이 많이 죽었단다, 우리는 어떻게 해야 하겠니? 그럼 아그들이 하나같이 대답하더

라고. 기억해야죠. 그라고 노란 리본에 기억하겠습니다, 써서 묶어 놓고 묵념하고 그란당께. 그랗게 거그는 역사적 현장이여. 형님이 이라고 말하고 댕기는 거 누가 알기라도 하믄 그 애기 없어진 죄까지 다 씌울라 할 것이네.

열이 침을 튀기며 말하자 한은 겁을 집어먹었다. 한이 그 우주선에 대해서 부정적으로 말하고 다니는 것을 아는 사람은 다 알았다. 한은 변명하듯 목소리를 낮춰 말했다.

-내가 괜히 그라냐. 그 배 사고에 내가 집착하다가 부모가 죽었어야. 우주선에서 죽은 그 사람들 운이 고만치라고 하는 게 그라고 나쁘당가. 내가 무식하고 늙어서 이해가 안 돼서 그란다.

열이 달래듯 말했다.

-그랗게. 그때 그 배 사고가 언제 적 일인디. 아직도 그 배를 못 잊고 그란당가. 부모님 돌아가신 거야, 진짜 사고로 그런 것이제. 그라고 그 여자애 죽어 갖고 그 집 부모랑 여론에 그만큼 당했으면서. 그 여자애 아직도 못 잊는당가? 아따, 인쟈 마음도 풀고 여자 애기들 그만 미워하랑께. 여자 애기들 죽어라고 미워할 때 내가 이런 날이 올지 알았네.

한은 서운해서 말했다.

-아니, 너는 내 세월을 다 몰라야.

한의 눈에 눈물이 맺혔다. 그간의 시간이 명치를 누르며 스쳐 지나갔다. 한은 눈물을 거두고 열에게 말했다.

-신율이가 우리 집에서 나간 CCTV를 찾아보랑께. 들어갔으믄 나갔을 거 아니냐. 내가 여그서 믿을 사람이 너밖에 없당께.

한이 말을 하고 코를 풀었다.

-알았당께. 그란데 나도 눈도 어둡고, CCTV는 벌써 경찰이 다 챙겨 갔다는디. 그라믄 나오는 게 안 찍혔응께 말이 없는 거 아니여?

열이 고개를 갸웃거리며 말했다. 열은 목이 마른지 한이 마시던 물컵을 들어서 마셨다.

-당최 알 수가 없는 것은 말여. 신율이 갸가 왜 나 혼자 사는 집에 들어갔냐 그거여. 그것도 내가 없는 시간에 말여.

나를 찾으러 왔었나. 내가 며칠 보이지 않아서 혹시 병이 났는가 들여다보러 왔던 건가. 한은 모진 말로 야단치던 것이 떠올랐다.

그때 경찰이 들어왔다. 한이 경찰에 잡혀 있는 동안, 한의 집을 압수수색할 거라고 말했다. 미성년자 실종 사건은 긴급체포의 요건에 들고 영장 없이 압수수색이 가능하다고 했다.

-가서 한번 뒤져 보쇼. 신율이 갸가 나도 모르게 우리 집에 숨어 있을지 또 아요?

한이 경찰을 보고 이죽거렸다. 경찰이 눈을 부라리고 한을 보자 한은 주춤하며 입을 닫았다. 경찰이 나가고 나서 한이 말했다.

　─아따, 징하구만. 너도 가서 변호사 좀 알아보랑께. 어디 돈 없고 빽 없는 놈은 무서워서 살겠냐고. 말 한마디 시원하게 못 하겠구만.

　열이 고개를 끄덕이고 나갔다. 혼자 남은 한은 식어서 누린 내를 풍기는 순댓국 뚝배기를 무연히 내려다봤다. 한은 처음으로 순댓국을 사 줬던 시원이 꿈에 나왔던 것을 떠올렸다. 한이 방금 먹은 순댓국은 예전의 그 순댓국이 아니었다. 예전의 맛은 얼큰하고 뜨끈하게 속을 풀어 주는 맛이었다. 시원을 증오하며 보낸 시간 동안도 그 맛은 그리웠다. 시원이 죽고 시원의 부모와 여론이 한을 살인범 취급하고 죽어 버리라고 할 때도, 이상하게 그 맛은 그리웠다. 그건 단 한 번의 위로의 맛이었기 때문일 것이다. 시원의 부모에게 당하고 여론에 뭇매를 맞고 난 후, 한은 자신을 단단한 어른으로 만들고 싶었다. 그 누구도 자신에게 다가오지 못하게. 마음을 단단히 먹고 말랑거리지 않길 바랐다.

　그 오미자차 한 잔이 말랑거림의 시작이었다. 받아 마시지 않았다면 오늘처럼 엮이지 않았을 텐데. 한에게는 열 이외에 아무도 없었고 친구 없이 사는 삶이 편했다. 문득 한은 신율이 놓고 간 순댓국을 떠올렸다. 신율은 왜 순댓국을 주고 간 것일까.

　형사가 문을 벌컥 열고 들어왔다. 반쯤 잠이 들었던 한은 놀라서 눈을 떴다. 노쇠한 몸을 의자에 기대고 있었더니 허리며 엉덩이가 뻐근했다. 순댓국과 반찬은 차갑게 식어 있었다. 좀 치워 주지. 즈그들만 바쁜가. 한은 속으로 욕을 내뱉듯 중얼거렸다.

　-라한 씨 집에서 신율 양의 지문과 혈흔이 검출되었습니다. 신율 양이 꽂고 있던 머리핀도 발견되었습니다. 신율 양은 발견되지 않았습니다.

　한은 형사의 다음 말이 들리지 않았다.

　-혈흔이라고라? 피가 나왔다고라? 왜 내 집에서 그 아이 피가 나와라?

　형사는 대답하지 않았다. 한은 혹시 기억하지 못하는 부분이 있는지 자신을 의심하기 시작했다.

다락방의 소녀들

.

✦ .
✦

한은 자신이 경찰서에 있는 동안 일자리를 잃은 인도인들을 걱정했다.

나라 자체에서 철이 생산되지 않아, 재활용 쇠에 백 프로 의지해야 하는 파키스탄이나 방글라데시는 우주선을 해체 작업할 때 되는대로 쇠를 잘랐다. 한과 일하러 온 우주선 해체공인 인도의 기술자들도 마찬가지였다. 가난한 그들은 아무도 찾지 않는 척박하고, 열악한 환경에서 일하기에 이번 일에서 무엇을 조심해야 하는지 몰랐다. 그것은 한의 일평생에 따라붙던 소문과 루머였다. 이 우주선을 마구잡이로 다루며 해체하는 모습이 누군가의 카메라에 잡힐 때 겪게 될 후폭풍을 외국인 노동자들은 몰랐다. 책임은 온전히 늙은 한의 몫이었다. 관료들이 원하는 것도 이 일이 중도에 잘못됐을 때 책임질 사람이었다. 그 사람이 크게 반항하거나 불만을 품을 젊은 사람이 아니라, 늙은 한이라 관료들은 안심했을 것이다. 웬만한 일은 다참아 넘기고 여차하면 죽을 수도 있는 노인 말이다.

한이 가장 걱정하는 것은 옴이었다. 옴은 눈을 다친 상태로퇴원했는데, 숙소로 돌아갔을 경우 이시바 패거리에게 무슨일을 당할지 모를 일이었다. 작업장이 돌아가지 않으니 숙소에서 지내는 시간이 길어질 것이었다. 한은 옴의 안전이 염려되었다. 한국에서 돈을 벌어 자식을 수술할 거라고 들떠 있던옴의 순한 눈이 한의 마음을 어지럽혔다.

옴은 신율이 어디 갔는지 알고 있지 않을까.

한의 생각이 여기까지 미쳤지만, 섣불리 옴의 이야기를 경찰에 꺼냈다가는 옴이 곤란할 것 같았다. 한은 옴을 지키기 위해 입을 다물기로 했다. 가난 때문에 타국에 온 그를 지켜 줄사람이 없었다. 옴이 잘못 엮이면 강제 출국을 당할지도 모를일이었다.

–심각한 상황인 건 아시죠?

중앙청 광역수사대에서 내려왔다는 형사가 딱딱 부러지는표준어로 물었다. 하루가 지났을 뿐인데, 새안시 지방경찰청의 형사는 사건을 넘기고 얼굴을 보이지 않았다.

-전 국민의 공분을 사고 있습니다.

한은 눈앞에 떠오르는 옴의 얼굴을 걷어 냈다.

-왜 나한테 그라고 난리인지 나는 진짜 모르겠소. 억울해 디져 불 거 같으요. 형사님.

한은 형사에게 주눅이 들어 말끝에 '형사님'을 붙였다.

-경비업체 직원의 증언이 있었습니다.

'우주 시대에 뭔 귀신이라냐. 그것도 가시나 귀신이라고? 염병하고 있네.'

한은 이물없이 나눴던 경비업체 직원과의 대화가 떠올랐다. 순하고 착한 놈이라고 생각했는데. 역시 사람 속은 아무도 모른다.

-단도직입적으로 묻겠습니다. 신율 양, 살아 있습니까, 죽었습니까?

한은 명치가 턱 막혔다.

-그것을 왜 자꾸 나한테 물으요. 나는 모른당께라. 그라고 그 증언이라는 거, 여자아이 유령이 밤에 그 우주선에 나타난다고 씨부려서 한 말이랑께라. 경비업체 아그들 잠잠하게 달랠라다 봉께 그랬당께라.

형사는 경직된 얼굴로 다시 물었다.

-평소에도 소녀들을 혐오했다고 하던데요. 이번 실종 사건이 소녀 혐오범죄가 아닌가, 하는 추측이 있습니다.

'아따, 아재요. 그런 소리 남들 들으믄 난리난당께요. 아재가 가시나들 징하게 싫어하는 것은 알겠지만, 다른 집 귀한 자식들 아니요. 유가족들 들으믄 가슴에 대못 생긴당께라. 그라고 아재 SNS에 말 돌믄 큰일 나요. 그랑께, 내 앞에서만 그 소리 하고 남들 앞에서는 하지 맙시다. 알았당께라?'

-경비업체 직원이 평소 소녀 혐오가 있는 라한 씨한테 이렇게 말했다고 하던데 기억하고 있습니까?

한은 숨을 몰아쉬었다.

-나는 그놈이 속도 좋고 착한 놈인 줄 알았소.

형사가 큰소리로 외쳤다.

-그래서 속내를 드러낸 거 아닙니까. 다시 시작하시죠. 신율 양 어디 있습니까.

왜 이 사람은 신율이를 자꾸 나한테서 찾을까. 한은 자신이 놓친 것이 있는지 머릿속을 뒤져 보았다.

-그래, 내가 궁금해서 그란다. 신율이는 왜 그 우주선에 집착했는지 아시오? 내가 영문을 모르겠어서 그라요.

형사는 노트북을 톡톡 두드리다가 화면을 열어 보여 주었다. 신율의 SNS였다. 온통 그 우주선의 사진과 추모 리본 물결이었다.

-눈이 어두워서 그란다. 좀 읽어 주믄 안 되겠소?

그해 나는 여덟 살이었다.

그 우주선이 사고가 났을 때, 나는 엄마에게 투정을 부리느라 학원을 빠졌다.

내가 가장 사랑하는 언니가 우주로 간 후였다.

나도 언니를 따라가고 싶었는데, 엄마가 반대해서 가지 못했다.

언니는 그 우주선의 계약직 직원이었다.

나는 언니를 따라가서 그 행성에 머물고 싶었지만, 어려서 안 된다고 했다.

우주선 참사가 난 날, 나는 라면을 먹으며 텔레비전을 보고 있었다.

우주선이 폭발했다. 나를 사랑해 주던 언니가 그 우주선에 타고 있었다.

내 눈앞에서 벌어진 일을 믿을 수 없었다. 나는 먹었던 라면을 토했다.

혹시 몰라서 구조 소식을 기다렸다. 언니는 돌아오지 못했다.

시간이 지나도 언니는 돌아오지 않았다.

나는 언니와 나의 시간을 기억하고 싶었다.

내가 새안시로 내려온 이유이다.

이제부터 내 삶의 이유는 언니를 기억하는 것. 기록하는 것.

그러기 위해 나는 작가가 되기로 했다.

언니의 모든 것을 기록하겠다.

그런 일이 있었구나. 신율이한테.

한은 속으로 중얼거렸다. 한은 어두웠던 눈이 밝아지는 기분이었다. 한의 눈은 유독가스에 노출돼 다른 사람보다 어두웠다. 고글을 착용해도 유독가스와 불꽃은 한의 눈을 망가뜨렸다. 한은 많이 보지 않고 살기로 하고 평소에 안경도 쓰지 않았다. 책을 읽지 않은 지 오래되었다. 그러니 작가가 되겠다는 열다섯 소녀의 꿈을 쓸데없는 일로 여겼다.

그런데, 신율 그 아이는 정말 이렇게 살았나? 내 앞에서는 해맑은 열다섯 살 소녀로 보였는데. 아니다. 한은 카페 마당에서 신율과 나눴던 대화를 떠올렸다. 한이 신율을 멀리하려고 다짐했던 날이었다. 한은 그간 신율을 잘못 판단한 것인가 의문이 들었다.

-이렇게 아름다운 꿈을 꾸던 소녀가 지금 실종 상태라고요. 어디 있습니까?

형사가 다그쳐 물었다.

-진짜 모른당께라. 창자를 뒤집어 까서 보여 주고 싶소.

한이 소리 질렀다.

-라한 씨 집 다락방을 열어 보지 않았으면 확신하지 않았을 겁니다.

형사가 노트북을 톡톡 두드려 사진을 열었다.

-다락이요?

형사가 눈을 가늘 게 뜨고 말했다.

-신율이 혼혈아인 건 알고 계셨죠?

한은 처음 듣는 말이었다. 신율이 다른 아이들보다 까무잡
잡하긴 했지만 사람 생긴 건 제각각이라 눌린 코가 귀엽다고
만 생각했다.

-두 평 다락이 소녀들의 사진으로 가득 차 있더군요. 신율
양보다 어린 소녀부터 신율 양 또래로 보이는 소녀들이었죠.

형사가 다락에서 찍은 소녀들의 사진을 내밀었다.

-신율 양이 주었던 일회용 플라스틱 컵을 모두 주워다가 집
에 두었죠. 심지어 라한 씨가 싫다고 던져 버린 컵까지 몰래 주
워 오는 치밀함을 보이셨죠. 한 달 치 CCTV를 일일이 확인하
고 알게 되었습니다. 그 일회용 컵에 행운목을 하나하나 담아
키우셨죠? 이런 것들을 보고 우리는 확신했죠.

-도대체 뭘 말이오?

한은 온몸이 불에 덴 듯 뜨거웠다. 마치 해체 작업 중인 우
주선 안에 들어가 있는 것처럼. 신율에게 오미자차를 받아 마
시지 말았어야 했다. 한은 따져 묻는 형사 앞에서 신율과의 일
을 생각나는 대로 말하기 시작했다. 옴이 등장하는 부분은 빼
고 말했다.

-그러니까, 모르는 사이라고 한 것은 거짓말이군요. 다시 묻겠습니다. 신율 양 어디 있습니까?

이 형사 양반은 말을 콧구멍으로 듣는갑다. 한은 기가 막혀서 머리통을 벅벅 긁었다. 경찰서 밖에서 외치는 소리가 들렸다.

-부모연대와 시민단체가 유족과 시위 중입니다. 다들 당신을 구속하라고 몰려왔어요. 신율 양을 찾아내야 합니다.

한은 똑같은 말을 반복하는 데 지쳐 있었다.

-다 외지 사람이지라? 새안시 사람들이 아니라. 여그 사람들은 이라고 시끄러운 거 딱 질색이랑께요. 아요?

형사가 피식 웃었다.

-모르겠습니다. 새안시 사람도 있어요. 중학교 학생들도 몰려와 있더군요. 우는 아이들도 있고요. 신율이가 혼혈인 건 모르는 거 같습니다.

한은 입을 다물었다. 초조한 마음에 자꾸 몸이 가려웠다.

-근디, 신율이가 혼혈인 사실이 이 사건하고 무슨 상관이다요? 그리고 신율이 여그 와서 3년을 살았는디, 말 한마디 안 걸던 아그들이 인제 와서 운다고라.

한은 기가 막혀서 말했다.

그때 취조실 문이 열렸다.

열과 한 남자가 들어섰다. 남자는 한을 보자마자 명함을 내밀었다. 법무법인 소속의 변호사였다. 변호사는 한의 옆에 앉았다. 열은 형사의 고갯짓에 밖으로 나갔다. 한은 안도의 한숨을 쉬었다. 드디어 기다리던 열이 왔다. 역시, 열은 한을 버리지 않았다. 한은 눈물이 고이는 것을 애써 감췄다.

  -신율 양이 라한 씨의 집에서 나가는 모습이 찍힌 블랙박스 영상입니다. 보시면 아시겠지만, 신율 양은 대문으로 나가지 않았습니다. 담을 넘어서 나갔더군요. 그래서 CCTV에 찍히지 않았던 겁니다. 밤중이라 어둡지만 그래도 잘 보입니다. 이제 라한 씨의 혐의는 풀린 것으로 알아도 되겠지요?

  변호사는 USB를 형사에게 주었다. 어디서 저런 똑똑한 변호사를 구했을까. 한은 고마운 마음에 눈물이 났다. 형사는 영상을 확인했다. 분명히 신율이었다. 신율은 담을 넘어 한의 집을 빠져나와 두리번거리더니 골목 뒤쪽으로 갔다. CCTV가 없는 곳을 골라서 가는 모양이 카메라의 위치를 다 알고 있는 듯했다. 한은 화면을 보다가 의문이 들었다.

  신율은 그 밤에 어디로 간 것일까.

  -미성년자 실종 사건으로 긴급체포된 경우 혐의가 풀려도 48시간까지는 조사할 수 있습니다. 아직, 신율 양을 찾지 못했으니까요.

  형사가 말했다. 한은 변호사를 바라보았다. 변호사는 형사를 보며 고개를 끄덕였다.

-좋습니다. 내일 아침 8시 30분까지입니다. 긴급체포 절차상의 문제는 제가 다시 체크하도록 하겠습니다.

한은 꼼짝없이 또 하룻밤을 경찰서에서 보내게 되었다. 변호사가 돌아가고 형사는 다시 질문을 시작했다. 한의 머릿속은 백지상태로 하얗게 변했다.

너는 어디에 있는 거니?

다음 날 아침, 한이 경찰서를 나서자 집회 참가자들이 몰려들어 야유와 욕설을 퍼부었다.

한의 옆에 열과 변호사가 나란히 서 있었다. 경찰이 시위 군중을 막아 주었지만 속수무책이었다. 한의 알리바이가 증명돼 풀려나는 것이라고 해도 군중은 들으려고 하지 않았다.

-내 딸 내놓으라고. 이 늙은이야. 그 불쌍한 것을 어떻게 했어?

신율 엄마가 달려들어 한의 목덜미를 잡고 흔들었다. 신율의 엄마는 언젠가 봤던 은발이 더 하얗게 변해 있었고 얼굴에 기미와 주름이 내려앉아 있었다. 딸을 찾느라 속이 타 부쩍 늙어 버린 것이다.

-나는 진짜 모른당께. 아주 징글징글하구만. 내가 그 우주선 다 때려 부숴 불랑께. 그만 좀 하쇼. 아주 시끄럽고 성가셔서 딱 죽겠구만. 나도 죽어 불랑께. 한번 속 봉이면서 살아 보쇼. 멀쩡한 사람 잡아먹고 어디 천년만년 잘 사는지, 내가 죽어서도 볼랑께.

한이 고함을 질렀다. 군중이 일시에 고요해졌다. 신율 엄마는 멍하니 서서 한이 열과 변호사와 군중 사이를 비집고 사라지는 모습을 지켜보았다. 시위 군중을 다 빠져나왔다고 마음을 놓는 순간 뭔가가 날아와 한의 뒤통수를 때렸다. 달걀이었다. 다시 야유와 고함이 날아들었다. 신율 엄마가 고함을 지르다가 졸도했다.

한이 집으로 가려고 하자 열이 만류했다. 그러나 집 외에 한이 몸을 누일 만한 공간은 없었다. 열은 자기 집으로 가자고 할까 봐 한의 눈치를 보는 기색이었다.

-어디서 그런 똑똑한 변호사를 구했다냐?

한이 물었다.

-나도 고향에서 방구 좀 뀌요. 어찌어찌 아는 사람 통해서 알아봤소. 인제 그런 일에 말려들지 말고, 그 우주선 가까이에는 가지도 말고 살게 형님. 나도 애기 엄마 말 듣기도 징하고, 동네 사람들 수군거리는 소리도 징하요. 내가 언제까지 형님 뒤치다꺼리하고 댕길 수는 없응께. 알아서 좀 하시오. 벌어 논

돈 있을 거 아니오. 인제 늙었는디 일도 그만합시다.

한의 마음속에서 뭔가가 무너졌다. 물어보지 말 걸 그랬다고 한은 생각했다. 눈물 나게 고마웠던 마음이 차갑게 식어 버렸다. 짱짱한 태양 아래에서 한은 열을 쳐다보며 말했다.

-욕봤다. 언능 집에 가 보랑께. 나는 인자 상관하지 말고. 알았제.

한은 팽 돌아서서 집을 향해 걸었다.

-징한 놈. 이틀 만에 밖에 나왔는디 같이 밥 먹자는 소리도 안 한당께. 나 죽으믄 저 놈이 장례는 치러 줄랑가.

한은 중얼거리면서 걷다가 퍼뜩 깨달았다. 식당에 들어가면 모두 한의 얼굴을 알아볼 것이다. 열은 이미 겪고 있는 일인 줄 모른다. 한은 열이 걸어 내려간 길을 돌아보았다. 동생을 향한 미안한 마음이 솟았다. 그래도 동생이라고 귀찮거나 힘들더라도 달려온 유일한 사람이었다. 한은 신당동으로 접어들었다. 신율 엄마가 운영하던 카페 앞에 다다랐다. 신율은 언제나 저기서 뛰어나오곤 했다.

-도대체 그 애기는 어디로 갔을까잉.

한은 중얼거렸다. 카페 앞에 놓여 있던 우주선 모형에는 노란 리본이 가득 달려 있었다. 카페 벽과 집 주변, 카페 마당까지 기다림의 리본이 그득했다.

꼭 돌아오길 바란다. 너를 꼭 구할게. 네가 올 때까지 기다릴게.

한은 신율이 죽었을 리가 없다고 생각했다. 사람들이 경솔하고 조급하게 행동하는 것으로 보였다. 며칠 전까지 한을 향해 뛰어오던 모습이 눈에 선했다. 한의 고함에 고개 숙이고 눈물을 흘리던 모습까지 생생했다.

너는 도대체 어디에 있는 거니?

한은 신율이를 찾고 싶었다. 슬픔을 누르면 분노가 된다. 분노가 복수할 대상을 찾았을 때, 그 대상을 가장 밑바닥까지 떨어뜨릴 수 있다는 것을, 신율은 알았을까.

피해자를 위해 싸우던 사람이 가해자가 아니라 피해자에게 공격당할 때, 그는 삶의 의욕까지 잃어버린다는 것을. 한은 과거의 경험을 통해 알고 있었다. 그 누구도 한의 말을 들어 주지 않았던 시절로 돌아간 듯했다.

한은 자신의 집으로 시선을 옮겼다. 신율의 카페와 대조적이었다.

스프레이로 그어 놓은 'X' 자가 거대하게 자리를 차지하고 있었다. 붉은 스프레이로 써 놓은 글자들이 한의 눈에 와서 박혔다. 사람들은 남을 괴롭힐 때 참 부지런하구나. 한은 중얼거리며 자신에게 쏟아진 글자를 읽었다.

살인마, 신율을 살려 내, 미친 노인네, 여성혐오자, 소녀를 내놓아라, 변태 노인네, 우리 동네에서 떠나라 당장, 아니, 새안시에서 퇴출이다, 눈에 띄면 죽여 버린다 내가…….

대문에 친 폴리스 라인을 본 한은 다리에서 힘이 풀렸다. 너무 오래 살았다는 생각부터 들었다. 범죄 현장도 아닌데 폴리스 라인까지 쳐 놓고 경찰은 뭘 찾고 있었던 걸까.

한은 주저앉은 와중에 배가 고팠다. 주말에는 부모의 제사에 가느라 집을 비웠고, 그 뒤 경찰서에 잡혀 있느라 집을 비운 시간이 길었다.

고양이. 우리 나비.

한은 정신이 들어서 폴리스 라인을 치우고 집 안으로 들어갔다. 고양이가 계속 굶고 있었을 생각을 하니 마음이 아팠다. 한이 집 안에 발을 들이자마자 고양이가 다가와 발치를 맴돌았다. 한은 고양이를 끌어안고 쓰다듬은 다음, 밥그릇을 가득 채워 줬다. 고양이가 사료를 오독오독 씹어 삼키는 소리가 들렸다. 한은 물그릇에 물을 부어 주고 배변통을 치웠다. 고양이 누린내가 집 안에 그득했다. 한이 기억하는 친근한 집 냄새였다. 집 안은 경찰이 헤집어 놓아 엉망이었다. 한이 기르던 행운목들은 모두 말라 있었다.

―하필 왜 행운목이었을까.

한은 식물의 이름을 되새기다 피식 웃었다. 소파의 쿠션 하나하나까지 다 뜯겨 있어서 앉을 곳도 없었다. 한은 식탁 의자에 주저앉았다.

고양이가 먹는 것을 지켜보던 한은 허기가 졌다. 한은 집을 나와 편의점을 찾아갔다. 라면이라도 사 올 생각이었다. 편의점 직원이 한을 알아보고 경계했다. 한은 라면과 물과 몇 가지 생필품을 집어서 계산대에 올렸다.

-사장님이 영감님한테는 팔지 말라고 하셨어요.

알바생이 눈도 맞추지 않고 말했다. 대학생으로 보이는 단발머리 여학생이었다.

-라면 한 개만 사 가장께. 배고파 뒤지겠다.

알바생이 고개를 저었다.

-저 알바 짤리면 안 돼요. 그냥 가세요. 제발.

연대에서 이탈은 위험해요. 알바생의 눈에 그렇게 쓰여 있는 것 같았다. 한은 고픈 배를 쥐고 편의점을 나왔다. 이 항구 도시를 떠나야겠다는 결심이 섰다.

그 우주선이 이 도시에 들어온 것이 잘못일까. 그 우주선이 사람들을 불러들여 한을 몰아냈을까. 이런 일이 일어날까 봐 한이 그 우주선을 빨리 치우고 싶었는데. 그래서 그 지옥 같은 작업을 자처했건만 한이 너무 느렸던 걸까. 한은 풀 길 없는 억울함의 원인을 찾기 시작했다.

'그 우주선에 들어가 보고 싶어요.'

신율이 오미자차를 주면서 했던 말이 불현듯 스쳤다. 한은 신율이 했던 말을 흘려들었다. 흘려들었던 순간과 흘려들었던 말들이 이제야 한을 찾아왔다. 경찰서에서는 전혀 떠오르지 않던 순간과 말이었다. 매일 오미자차 한 잔을 주면서 두 사람이 아무 말도 하지 않았을 리 없다고 형사는 따지고 들었다. 그때 한은 정말 머릿속이 텅 비어 있었다.

오미자차 한 잔 주면서 가시나가 말도 징하게 많그만.

어느 날은 심술이 나서 한이 이런 말도 던졌다. 신율은 심심하고 명랑한 열다섯 살 소녀였고, 줄곧 한을 따라다니는 재미로 사는 것처럼 보였다.

한은 집에 돌아와 냉장고를 열었다. 냉장고 코드가 뽑혀 있었다. 냉장고 안의 음식은 다 상해 있었다. 싱크대 서랍도 비어 있었다. 한은 고양이가 앉아 있는 바닥에 주저앉았다. 참을 수 없는 허기가 한의 위장을 비틀었다. 한은 고양이 밥그릇에 놓인 사료를 한 주먹 집어서 씹어 먹었다. 한은 울기 시작했다. 울면서 고양이 사료를 씹어 삼켰다. 고양이가 한의 무릎에 앉아 몸을 비볐다. 한은 이가 흔들거렸다. 고양이 사료는 목에 걸려 넘어가지 않았다. 한은 싱크대로 가서 물을 틀어 수돗물을 마셨다. 물은 미지근했다.

위장이 차자 한은 바닥에 누웠다. 눈이 감겼다. 살아온 날들이 허탈했다. 이대로 죽었으면 좋겠다. 한은 중얼거리며 눈을 감았다.

고양이가 울면서 한의 얼굴에 제 얼굴을 비볐다. 한은 눈을 떴다. 한이 잠들었던 자리에 땀이 흥건했다. 한은 고양이 사료를 챙겨 주며 한 주먹을 입에 넣고 씹었다.

한은 이 동네를 떠나더라도 신율이는 찾아봐야겠다고 마음먹었다.

어디서부터 찾아야 할까.

창문은 깨져 있었다. 누군가 돌을 던진 듯 바닥에 돌멩이가 있었다. 뚫린 창으로 캄캄한 어둠이 보였다. 한은 열쇠 꾸러미를 챙겨 주머니에 넣었다. 집 밖으로 나섰다. 한이 세워 놓았던 트럭은 경찰이 조사한다고 가져가고 없었다.

한은 골목을 걸어 내려갔다. 새안시는 걸어가면 갈 수 있는 거리가 대부분이었다. 넓지 않은 항구도시였다. 신율이 그 우주선과 연관되지 않았다면 사람들이 이렇게 몰려들지 않았을 것이다. 사람들은 신율을 구하는 것이 '우주선 사고로 구하지 못한 사람들을 구하는 일'로 여기는 듯했다. 신율은 우주선 참사 진상 규명을 끝까지 놓지 않은 사람 중 한 명이었으니까.

신율이 시원의 이야기를 꺼내지 않았다면, 한이 신율에게 고함을 지르고 울리지는 않았을 것이다. 한은 신율의 마지막 모습을 떠올리며 마음이 쓰였다.

신율은 옴에게 가지 않았을까.

신율은 죽었구나!

항만을 향해 걷던 한의 앞에 새안대교가 나타났다.

한은 새안대교를 건너며 강과 바다가 만나 이루고 있는 물들을 내려다봤다. 여기저기 섬이 떠 있었다. 장수한테 반했다가 거절당하고 배를 타고 떠났다는 세 각시의 전설이 있는 섬도 보였다. 배가 뒤집혀 세 각시는 그 자리에서 죽었고, 세 마리의 학이 되었다는 전설이었다. 바다를 보자 한의 마음이 편안해졌다. 새안시는 한에게 제2의 고향이었다. 한이 살아온 칠십 평생 중 40년을 이 항구도시에서 살았다. 고향 섬보다 이 항구도시가 편안했다. 이번 일만 없었다면 한은 이 항구도시에서 무탈하게 생을 마쳤을 것이다. 마음만 먹으면 올라갈 수 있는 산과, 조선시대 수군의 진영이었던 새안시진.

GYOYUDANG Publishers

서로 사귀어 놀며 오가는 집, **교유당** 交遊堂

책이란
더 좋은 책을 만들기 위한 수단이다.

_쥘 미슐레(조한욱 역), 『민중』, 172쪽

옥스퍼드 세계사

펠리페 페르난데스아르메스토 외 10인 지음 | 이재만 옮김
173×225 | 684쪽 | 38,000원

우주의 망대에 올라선 은하계 관찰자의 시선으로
바라본 세계사 지도·그림·사진 150컷

세계의 석학들이 모여
새로운 역사관을 반영한 최신 세계사

사회사상의 역사
마키아벨리에서 롤스까지

사카모토 다쓰야 지음 | 최연희 옮김
149×126 | 512쪽 | 33,000원

자유와 공공에 대해 깊이 생각해보기 위하여

정치, 경제, 철학의 범위를 넘어
근대사회의 저류를 형성하는
온갖 지적 자극으로 가득찬 최상의 안내서

세계질서와 문명등급
글로벌 히스토리의 시각에서 본 근대 세계

리디아 류 외 11인 지음 | 차태근 옮김
153×224 | 776쪽 | 39,000원

500년 서양 문명 패권에 대한 인문학적 도전
서양 문명은 어떻게 세계질서를 형성하고 변화시켜왔는가

문명의 위상이 급변하는 시대
새로운 세대를 위한 글로벌 히스토리 연구

한은 야경을 감상하다가 옴에게 전화를 걸었다.

-저는 일을 쉬고 있습니다. 다시 인도로 돌아갈까 봐 걱정이 많습니다. 부장님은 괜찮습니까?

옴이 영어로 물었다. 한은 옴에게 돈을 좀 부쳐 주겠다고 말했다.

-내가 이렇게 돼서 미안하네. 당분간 우주선 해체 일은 진행되지 않을 것 같네. 집에 생활비는 보내야지.

옴은 잠시 말이 없었다. 울먹이며 옴이 말했다.

-부장님은 좋은 사람입니다.

한은 고양이 사료를 삼키며 서럽게 울던 마음이 풀리는 것 같았다.

-혹시, 신율이한테 연락 온 것은 없었는가? 경찰에 자네 이야기는 끝까지 안 했어. 자네가 신율이랑 연락하고 지내는 것 같던데. 신율이 어디 갔는지 아는가?

옴은 대답이 없었다.

-부장님 저는 신율을 찾을 수 없을까 봐 무섭습니다…… 혹시 우주선에 가 보셨습니까?

한참 만에 옴이 대답했다. 한은 옴을 달랬다.

-안 그래도 지금 가고 있어. 옴, 눈은 괜찮아?

옴은 괜찮다고 말했다. 한은 전화를 끊고 대교를 건넜다.

이번 사건으로 서울에서 사람들이 몰려오는 바람에 우주선 외부를 관람하러 들어가는 출입구 쪽이 전보다 복잡해 보였다. 아무것도 하지 않고 얌전히 있겠다고 열과 약속했지만 한은 그럴 수 없었다. 우주선 안을 들여다봐야 속이 시원할 것 같았다.

한은 취조실에서 우주선 안을 수색해 보라고 말했었다. 신율이 자신의 SNS에 썼듯이, 신율이 가장 원하는 것은 우주선 안에 직접 들어가 보는 것이었다. 그러나 그들은 한의 말을 듣지 않았다. 사건의 초점은 한의 집 다락방에서 발견된 소녀들의 사진에 맞춰 있었다. 한이 소녀들을 혐오해 연쇄살인을 했을 가능성을 타진했다. 한의 공구와 연장이 새것처럼 닦인 것이 살인 후 증거를 인멸하려고 했던 것이라는 억측까지 나왔다. 한이 어떤 좋은 의도로 행동했던 모든 것이 한의 범행 이유가 되었다.

한은 입구에 걸린 희생자들의 사진을 하나하나 바라보았다. 죽은 사람들의 눈은 웃고 있어도 어쩐지 서늘했다. 그 많은 눈동자가 모두 한을 바라보고 있었다. 한은 자신이 다락방에 붙여 놓은 소녀들의 사진을 떠올렸다. 어쩌면 과학수사대가 받았던 느낌도 지금 한이 느끼는 스산함이 아니었을지. 한은 괜한 오해를 불러일으켰을 사진을 떠올리자 입맛이 썼다.

소녀 유령이 출몰한다고 했던가.

한은 항만의 바람이 뒷덜미를 핥고 가자 몸을 부르르 떨었다.

유령이 아니다. 신율이다. 신율이 들어가서 돌아다니던 것을 경비업체 머저리들이 유령으로 착각한 것이다. 한도 진짜 소녀 유령으로 착각하고 밤에는 들어가길 꺼렸다. 신율이었을 것이다. 분명히.

한은 자신이 알아낸 사실을 형사에게 알려 줄 수 있으면 좋겠다고 생각했다. 사건 수사에 도움이 될 수 있을 텐데. 한과 신율은 밤중에 펜스 문까지 간 적이 있다. 생각이 여기까지 미치자 한은 서둘러 우주선 안으로 들어가야겠다는 결심이 섰다. 신율이 그 안에 갇혀서 죽어 가고 있을지도 모를 일이었다.

신율을 구해야 했다.

너무 늦진 않았을까.

한은 조급한 마음에 뛰기 시작했다. 펜스 출입문에 자물쇠가 채워져 있었기에 누군가 들어갔다고 생각하지 못했을 것이다. 신율이 한의 집에 몰래 드나들었다면, 펜스 출입문의 열쇠도 가지고 있지 말란 법이 없다. 한은 늘 열쇠 뭉치를 한꺼번에 가지고 다녔으니까.

한은 곁길로 들어가기 위해 뛰었다. 펜스가 길게 이어져 있었고, 펜스 안에는 수출하려는 자동차가 줄을 맞춰 세워져 있었다. 반대쪽 펜스 안에는 테트라포드 수백 개가 진군하는 탱

크처럼 웅장하게 자리 잡고 있었다. 항만의 방파제용 테트라포드였다. 한의 머리 위에는 타워크레인이 서 있었다.

소녀 유령.

한은 좌현과 우현에 출몰한다는 유령을 잡아야 했다.

한은 곁길로 들어가서 펜스의 자물쇠를 열었다. 우주선에서 끄집어내 놓은 물건들이 방수포를 뒤집어쓰고 있는 모습이 괴괴했다.

'시원은 죽은 친구들을 잊고 싶지 않았을 뿐이에요.'

신율이 했던 말이 한에게 들렸다.

방수포를 뒤집어쓴 물건 사이를 뛰던 한은 숨을 헐떡이며 멈춰 섰다. 고함을 지르던 한에게 했던 말이었다. 그때는 화가나서 흘려듣고 잊었던 말이었다. 신율이 시원의 이름을 입에 올리는 것만으로도 머리에 피가 솟았었다.

-네가 시원을 어떻게 알지? 고작 너 같은 게. 나에 대해서 뭘 안다고 시원을 입에 올려.

한은 화가 나면 젊은 시절에 집회하며 익혔던 말투가 튀어나오곤 했다. 한은 끔찍한 벌레를 보듯이 신율을 노려봤다.

고작 너 같은 게.

신율은 이 말에 울었던 것일까. 한은 신율이 혼혈이라는 의식을 전혀 하지 못했다. 신율은 달리 받아들였을지 모른다.

한은 땀범벅이 되어 어둠 속에 서 있었다. 바다에 어선의 불빛과 정박 중인 유조선의 불빛이 깜빡였다. 바닷바람이 슬며시 다가와 한의 이마를 서늘하게 만졌다.

한은 전날 집에 도착해 다락을 열었을 때, 놓친 것이 무엇이었는지 깨닫게 되었다. 그것은 시원과 관련된 일을 써 놓은 노트였다. 그 노트가 언제부터 보이지 않았는지 더듬었다. 경찰에서도 소녀들의 사진과 공구만 언급했지, 노트에 관해서는 말이 없었다. 한도 잊고 있었다. 한이 잠들지 못하는 밤에 괴로워서 적어 놓았던 글자들이었다. 시원이 그리울 때 적었던 것일지도 모른다. 한에게 시원은 인생을 통틀어 유일한 여자였다.

'시원의 죽음은 사고였을 뿐이에요.'

신율은 그 말을 하고 싶었을 것이다.

한은 자신의 집에 몰래 들어간 신율이 집 안을 둘러보다가 다락방을 열고, 그 노트를 발견해 읽는 모습을 어둠 속에서 그려 보았다.

-아니, 아니다.

한은 자신의 이마를 쳤다. 그 노트는 한이 버렸다. 끔찍하게 잠이 오지 않던 밤에, 재활용 쓰레기와 섞어서 내놓았는데. 한은 다시 추측해 보았다.

신율은 시원을 알고 있었다. 시원 때문에 한이 소녀들을 싫어하고 신율까지 피하고 있다는 것. 차가운 오미자차로 한을 녹이려던 신율의 노력 속에는 시원에 관한 글을 읽은 내막이 숨어 있을지 모른다는 것.

신율은 한 번도 책에 대해서 이야기한 적이 없었어. 모두 내 노트를 보고 한 이야기였어.

한은 비명을 지르듯 외쳤다. 신율은 사라지기 전에 그 노트를 읽은 것이 아니었다. 한이 버렸을 때 주워서 읽기 시작했을 것이다. 그러니까…… 석 달 전이었다. 신율이 처음 냉커피를 들고 한의 앞에 나타났던 시기랑 일치했다. 어쩌면 우주선에 들어가려던 계획이 먼저가 아니라, 그 노트를 읽고 우주선에 들어가고 싶었는지 모른다. 이 일은 모두 한 때문에 일어난 일이다. 한은 이 사실을 깨닫자 더 빨리 신율을 찾아야겠다고 생각했다. 한은 신율이 살아 있기를 바랐다. 아니, 신율은 분명히 살아 있을 것이다. 한은 신율을 찾고 싶었다. 저 어둡고 날카롭고 위험한 우주선 안에서 작고 가느다란 소녀를 구해 내고 싶었다. 한이 해야 할 일은 그것이었다. 이 항구도시를 떠나는 것이 아니었다. 한은 이 항구도시를 떠나 낯선 곳으로 가고 싶지 않았다.

한은 우주선에 다다랐다. 우주선 옆에 설치된 철제 계단을 밟고 입구를 향해 올라갔다. 계단은 서른 개씩 끊어 지그재그 형태로 설치했었다. 크레인으로 옮기기 어려운 짐을 들고 내려오기 위해서였다. 한은 3층에 이르러서 숨을 몰아쉬었다. 먹은 것이 없어서 기운이 나지 않았다. 한은 머리를 만졌다. 안전모를 착용하지 않은 상태였다. 신발은 다행히 작업화였다. 집에서 나올 때 안전모를 챙기지 못했다. 녹슨 나사못과 쇠못이 즐비한 폐우주선에서 가장 위험한 것은 머리였다. 천장에서 못이 떨어져 바닥에 있는 사람의 머리에 박히는 경우를 상상하면 된다. 한은 멈출 수 없었다. 한은 해체 중인 우주선에 발을 들였다.

가스절단기의 불꽃도 유독가스도 40도의 열기도 없었다. 그러나 곁을 지켜 줄 동료도 없었다. 안전모의 부재는 전쟁터에 홀로 발을 들이는 것과 같았다. 신율도 우주선의 입구에 올라갔다가 우주선 안의 계단을 밟고 아래층으로 내려갔을 것이다. 한은 휴대폰의 손전등을 켰다. 눈앞이 아찔하게 밝아졌다. 한은 눈을 감았다가 떴다. 백내장에 걸린 눈이 잘 보이지 않았다. 한은 익숙한 작업장의 냄새를 맡았다. 쇠들이 녹슬고 있는 냄새와 가스절단기에 잘릴 때 쇠가 녹아내린 냄새. 수명이 다한 쇠들이 내려앉는 냄새. 사람이 드나든 흔적이 지워지기 시작한 공간에 찾아든 파리와 모기와 발이 많은 벌레의 냄새.

별 모양 야광 스티커가 보였다.

해체 작업을 위해 낮에 드나들 때는 안 보이던 스티커였다. 우주선은 만 톤 이상이었고, 낮에 들어와도 어두웠다. 창이 있어서 해가 드는 부분은 밝았지만, 불을 켜지 않으면 발밑이 보이지 않았다. 우주선 안에는 해체 작업을 위해 밝은 조명을 달아 두었다. 전기가 공급되고 있어서 우주선은 층마다 조명을 켰고, 전기 사용이 원활했기에 냉장고도 사용할 수 있었다. 수도는 연결되지 않았지만 작업자를 위한 임시 화장실 사용을 위해서 저장고를 통해 물도 공급했다. 해체 작업이 하루 이틀에 끝나는 일이 아니었기 때문이다. 그러나 야광별 스티커는 없던 것이었다.

－누가 이런 장난을 쳤을까.

한은 중얼거리며 야광별을 따라 걸었다. 한은 우주선 안을 밝히려고 조명을 켰다. 그러자 야광별이 사라졌다. 한은 다시 조명을 껐다. 야광별이 나타났다. 중간중간 웃는 표정도 있었고, 귀여운 우주선도 그려져 있었다. 한은 그 야광별 길을 따라 걸었다. 길은 입구와 연결되는 넓은 공간에서 계단으로 이어졌다. 휴게실로 이어지다가 다시 계단을 타고 올라갔다. 야광별은 기관실 옆의 벽 앞에서 멈추었다. 한은 휴대폰으로 벽을 비추었다. 벽에는 진한 녹이 둥글게 퍼져 있었다. 녹은 점점 번지는 것 같았다.

왜 이렇게 마음이 아프지.

한은 자주 드나들었지만 의식하지 못했던 벽 앞의 얼룩을 보며 가슴을 쥐었다. 그 얼룩을 감싸고 야광별은 빛나고 있었다. 누군가 심장을 꽉 쥐고 있는 기분이었는데 숨은 쉬어졌다.

우주선 안은 한없이 넓었다. 한은 어디부터 둘러봐야 할지 몰라서 망연자실했다. 야광별은 더 이상 보이지 않았다. 전등 스위치를 누르러 구석으로 가던 한은 스위치 옆으로 난 계단을 보았다. 피 냄새가 나는 것 같았다. 그다음은 다섯 가지 맛이 난다는 오미자차 향이 나는 것도 같았다. 아니, 이것은 분명 피 냄새였다. 녹슨 쇠와 구별되는 냄새였다. 한은 조명을 켜지 않고 어두운 계단 밑을 내려다봤다. 희끗희끗한 뭔가가 보였다.

그때 발소리가 계단을 울렸다. 녹슨 우주선이 흔들리며 제 몸에 있던 부품을 떨어뜨렸다. 한의 어깨에도 쇠붙이가 떨어졌다. 한은 어깨를 감싸안았다. 쇠가 긋고 지나간 자리가 벌어져 피가 흘렀다. 한은 몸이 굳어져 가만히 앉아 있었다. 경찰들은 한이 들여다보고 있는 계단 아래를 내려다보았다.

–신율이를 찾았습니다. 내려가서 확인하겠습니다. 과학수사대 불러 주십시오. 현장에 있는 라한 씨는 구속영장으로 재긴급체포하겠습니다.

경찰이 상부에 보고하는 소리가 들렸다.

–라한 씨에게 이미 구속영장이 발부되었습니다. 당신을 재긴급체포할 수 있는 조건이 성립됨을 알려드립니다. 당신은 묵비권을 행사할 권리가 있으며…….

한은 아무 소리도 들리지 않았다. 한은 울었다.

신율은 죽었구나.

우주를 헤매는 소녀

신율이 밤거리를 타박타박 걷자 발소리가 크게 울렸다. 어둠이 내려앉은 골목에 달빛이 비쳤다. 간혹 가로등이 있었으나 핀 조명처럼 빛이 머무는 부분을 지나면 어둠이었다. 봄꽃이 핀 밤의 공기가 싱그러웠다. 밤하늘에 드문드문 뜬 별은 애정을 바라고 물끄러미 서 있는 어린아이처럼 보였다. 있는 듯 없는 듯 존재감 없는 별은 잠깐 빛났다가 어둠 속으로 숨곤 했다. 해안가에서 불어온 바람에는 소금기가 섞여 있었고 갯내가 났다. 이 바다의 냄새는 마치 뭔가가 부패하고 있는 것처럼 악취를 풍겼다. 아마도 어부들이 잡다가 부려 놓은 잔 물고기나 고둥과 방게 같은, 갈 곳 잃은 생물들이 썩고 있는 냄새일 것이다. 부패하면서 더운 남도의 해에 껍질까지 말라가는 냄새. 익숙해지면 의식하지 못하는 바다 냄새였다. 신율이처럼 이곳 항구도시 출신이 아닌 외지인이 맡을 수 있는 냄새이며, 절대 익숙해지지 않을 냄새였다. 신율은 이 항구도시에 온 후, 이 냄새를 맡지 않으려고 코를 싸쥐고 다녔다. 항구도시 특유의 냄새에서 벗어날 수 있다면 무슨 짓이든 하고 싶다는 생각이 들 때도 있었다. 그러나 옆집 할아버지의 노트를 읽고 옴을 알게 되면서 신율이는 냄새에 익숙해지기 시작했다. 신율은 한을 위로하려고 시원의 이야기를 꺼냈고, 한은 다시는 신율이를 보지 않을 것처럼 화를 냈다. 하루 이틀이면 풀리겠지. 신율의 기대와 다르게 한은 모습을 감추었다. 모습을 감춘 지 이틀이 지났다. 신율이 사과의 의미로 대문 앞에 두었던 순댓국은 보이지 않았다. 신율은 순댓국을 먹으며 죽은 연인을 떠올렸을 한을 생각하자 할아버지를 더 아프게 한 것이 아닌가 걱정이 되었다.

어디로 갔을까.

신율이는 한을 찾기 위해 한의 집에 들어가기로 마음먹었다. 신율은 주머니에서 열쇠를 꺼냈다. 한의 집 현관문을 열고 들어갔다. 한은 없었고 고양이가 몸을 숨기고 울었다. 고양이의 밥그릇과 물그릇이 비어 있었다. 신율은 싱크대를 뒤져 고양이 사료를 주고 싱크대에서 물을 받아 물그릇을 채웠다. 고양이가 다가와 오독오독 밥을 씹어 먹었다. 신율은 처음 들어와 보는 한의 집을 둘러보기 시작했다. 눈에 띄는 것은 가지런히 놓여 있는 플라스틱 컵이었다. 그 안에 행운목이 꽂혀 있었다. 그동안 신율이 건넨 숫자만큼 찰랑이는 물에 꽂혀 있는 초록색 식물들. 신율이는 눈물이 날 만큼 감동했다.

역시, 한은 좋은 사람이었어.

옷가지가 못에 걸려 있는 안방에는 이불과 베개가 개어져 있었다. 다른 방에는 책상에 우주선의 설계도가 놓여 있었고 반짝반짝 빛이 나는 공구들도 가지런히 놓여 있었다. 신율은 설계도를 들여다보았다. 옴이 밥을 먹고 잠들던 곳이 어디쯤일지 가늠했다. 신율은 설계도를 뒤집어 보았다. 사료를 먹던 고양이가 폴짝 뛰어서 책상 위로 올라왔다. 신율은 고양이를 밀어내려다가 고양이 발톱에 손가락이 스쳤다. 금세 붉은 피가 솟았다. 신율은 손가락을 입에 넣고 빨다가 책상에 앉아 한의 노트를 꺼냈다. 여기쯤 노트를 두고 갈 작정이었다. 다른 사람의 일기를 몰래 읽는 기분은 짜릿했지만 건드리지 말아야 할 상처를 건드렸다는 생각에 후회했다. 신율이는 자신의 실수를 인정했다. 한이 드러내고 싶지 않은 상처가 있다면 덮어 두기로 했다. 신율은 한을 영영 잃었을까 봐 마음이 쓰여 잠을 이룰 수 없었다. 주말 내내 한은 카페 근처에서도 집에서도 보이지 않았다. 옴에게 물었지만 옴도 모른다고 했다. 신율은 겨우 사귄 친구를 잃었다는 자괴감에 견딜 수 없었다. 신율은 한의 비밀을 돌려 놓기로 마음먹었다. 신율은 노트를 설계도 옆에 올려 두었다가 노트를 펼쳐서 편지를 썼다. 그간의 일을 쓰고 이 집에 들어온 일, 고양이가 신율을 쫓으려던 일까지 적었다. 한이 이 글을 읽고 마음을 풀었으면 했다. 글을 적고 노트를 올려놓은 다음 신율은 집 안을 기웃거렸다. 다락문이 보였다. 신율은 다락을 열었다. 그 안에 소녀들의 사진이 가득 붙어 있었다. 신율은 한이라는 노인이 어떤 사람인지 더 궁금해졌다. 다락 어디에도 소녀들에 대한 기록은 없었다. 소녀들의 눈이 하나같이 신율에게 쏟아졌다. 신율은 으스스한 공포를 느꼈다. 그 소녀들은 어느 면으로 보면 모두 시원처럼 보였고, 신율처럼도 보였다. 신율은 다락문을 살그머니 닫았다. 설계도와 공구가 놓인 방으로 가서 노트를 챙겨 가방에 넣었다. 신율은 한을 찾으면 묻고 싶었다.

이 소녀들은 누구냐고.

신율이는 마당으로 나왔다가 대문 앞을 지나가는 엄마의 소리를 들었다. 신율이를 찾고 있는 것 같았다. 신율은 휴대폰을 꺼냈다. 배터리가 없어서 자동으로 꺼졌다. 엄마가 신율에게 전화를 거는지 휴대폰을 누르는 기척이 들렸다. 엄마에게 걸리면 이 집에 몰래 들어와 있는 이유를 추궁당할 것이라 신율은 뒷담으로 넘어갔다.

신율은 옴을 만나기로 한 장소까지 걷기 시작했다. 신율은 답답할 때마다 옴을 만났고 옴이 머무는 그 우주선에 가서 이야기를 했다. 줄곧 신율이 하고 싶은 말을 쏟아 놓는 식이었다. 옴은 순하게 큰 눈을 깜빡이며 잘 들어 주었고 농담에는 적절한 타이밍에 웃었다. 신율은 몇 년 만에 그렇게 많은 말을 했다. 속이 시원했다.

신율은 옴의 가족과도 영상통화로 인사할 수 있었다. 옴의 아내 자페르. 옴의 딸 자희르.

거의 매일. 신율은 옴을 찾아가면서 자페르와 자희르와 정이 들었다. 언니의 기일에는 언니에게 제사도 지냈다. 언니와 같이했던 숨바꼭질도 옴과 했다. 신율은 옴과 옴의 가족과 라한이 있으면 슬픔을 이겨 낼 수 있을 것 같았다.

언니에게 하고 싶었던 말을 다 하면.

도시에서는 상담사도 정신과 의사도 학교 선생님도 신율이의 말은 다 변명이라고 했다. 신율이의 말을 들어 주는 것이 아니라 답을 정해 주려 했고, 신율이의 생각이 잘못되었다고 나무랐다. 신율이 이제껏 받아 오던 편견이 가득 담긴 눈빛으로 신율의 온몸을 찌르면서. 마음까지 깊이 찌르면서. 아니, 마음을 가장 아프게 깊숙이 찌르면서. 신율의 생각이 옳지 않다고 다그쳤다. 신율이는 가슴이 답답했고 숨이 막혔고 무엇보다 그 눈을 바늘로 찔러 버리고 싶었다.

한번은 상담사의 눈을 볼펜으로 찌른 적이 있었다.

신율이가 이 항구도시로 오게 된 이유였다. 엄마는 남들에게 이곳까지 온 이유에 대해서 그 우주선 때문이라고 했지만, 볼펜으로 눈을 찌른 사고가 원인이었다. 신율은 현실 친구는 없었고, SNS 친구들만 있었다. 신율의 SNS의 내용을 본 상담사나 의사나 선생님은, 신율이 대단한 일을 하는 사람이라고 칭찬했다. 그리고 나서 그런 신념을 가진 것은 좋지만, 이제 잊어야 한다고 충고했다.

-너는 영웅심리에 도취해 있어. 이런다고 네 태생적 존재가 바뀔 것 같니? 자존감을 여기서 찾는 거야? 그러면 자해하는 네 몸속 피가 달라질 것 같니? 그냥, 너 자신을 받아들여. 네가 이 일에 계속 나서는 것도 유가족에게 민폐야. 그들도 이 일을 잊고 싶을 거야.

상담사가 신율에게 말하고 특유의 눈빛으로 가만히 쳐다봤다. '네 피라니.' 내 피부색을 두고 하는 말인가. 미세해서 구별되지 않지만 선은 분명히 긋는, 다문화라는 그 선. 내가 그 일에 계속 나서는 것도 주제를 모르는 짓이라는 뜻인가. 감히 내 아픔을 네가 이렇게 평가해? 신율은 참을 수가 없었다. 그래서 잘못 보고 있는 그 눈을 찔렀다. 신율이 죽고 싶다고 말하거나, 몸에 작은 상처를 내도 보려고 하지 않는 눈. 신율이 만들어 놓은 SNS의 세계로만 신율이의 마음을 평가하는 눈. 신율이가 외로움을 달래려고 만들어 놓은 가상의 세계밖에 볼 줄 모르는 눈. 신율의 몸을 반으로 갈라 버리는 가장 날카로운 칼을 지닌 눈.

  ─차라리 죽어. 같이 죽어 버리자.

  엄마는 그날 밤, 신율의 등을 때리면서 말했다. 안타깝게도 상담사의 눈알은 멀쩡했다. 신율은 그 상담소에서 쫓겨났다. 더는 갈 곳이 없었다. 죽어. 차라리 죽어. 같이 죽어 버리자. 신율이는 혼자 죽고 싶었다.

  신율은 정신과에서 처방받은 항우울제를 한꺼번에 삼켰다. 실패했다. 엄마는 신율이에게 더는 죽으라거나 같이 죽자는 말을 하지 않았다.

  대신 도시를 떠나 이 항구도시로 왔다. 낡은 양옥 주택을 사서 고쳤다. 엄마가 좋아하던 책을 잔뜩 들여놓고 손님이 없는 시간에는 줄곧 누워 있었다. 엄마의 의지도 가라앉고 있었다. 신율이는 심심해서 죽고 싶었는데, 도시에서 온 신율이에게 말을 걸어 주는 사람이 아무도 없어서였다.

  한의 노트를 발견하기 전까지 신율은 죽을 궁리만 했다. 한의 마음의 소리는 노트에 다 적혀 있었다. 신율은 한의 노트를 읽으며 위로를 받았다. 50년 전 일어났던 참사와 그곳에서 살아난 소녀의 이야기였다. 그 소녀와 사랑을 하고, 그 소녀가 죽고 나서 일어난 일.

그 처절한 상처 앞에서 신율은 동질감을 느꼈다. 일생을 악몽 속에서 살고 있는 노인의 일상에 끼어들기 위해 신율은 커피를 내밀었다. 오미자차를 내밀고 웃었다. 신율이 웃자 누워만 있던 신율이 엄마가 자리를 털고 일어났다. 관광상품처럼 그 우주선의 모형을 사서 카페 앞에 놓아두었다. 신율이 학교에 가든 안 가든 나무라지 않았다. 신율이가 웃으면서 기다리는 오후를 엄마도 같이 기다렸고, 모른 척 자리를 피해 주었다.

-그런데, 내가 다 망쳐 놨어. 다 좋아지고 있었는데.

신율은 중얼거리며 밤거리를 걸었다. 맥도날드 앞에 옴이 서 있었다. 옴은 한쪽 눈에 거즈를 붙이고 안대를 하고 있었다. 다쳤나? 맞았나? 신율이는 옴에게 다가갔다. 옴은 한쪽 눈을 초조하게 껌뻑였다. 옴이 매일 기도를 올리는 옴의 신은, 오늘 옴을 지켜 주지 않은 모양이었다.

-옴 아저씨, 눈을 다쳤어요? 옴 아저씨 괴롭히는 사람들이 이랬어요?

신율이 화가 나서 물었다. 옴이 그들과 싸워 보지 못하고 번번이 당하는 이유를 알고 있었다. 그래서 신율이 대신 싸워 주고 싶었다.

-개새끼들. 다 죽여 버릴 거야.

옴은 고개를 저었다. 신율이가 믿지 않는 표정이자 옴은 양손바닥을 펴서 흔들었다.

-아니야, 일하다가 불꽃이 튀었어. 병원에서 치료받았으니 곧 나을 거야.

신율은 안도의 한숨을 내쉬었다. 할아버지는 왜 옴이 다쳤다고 말해 주지 않았을까. 신율은 의문이 들었다. 다른 날보다 이른 퇴근을 하던 한의 모습이 생각났고, 시원의 이야기에 주저앉던 모습도 떠올랐다. 신율은 한이 옴을 병원에 데려간 건지 궁금했다.

-병원에 있어야 하는 거 아녜요?

옴이 말했다.

-금요일에 부장님이 데려갔었어. 내가 신분을 속이고 있는 걸 병원에서 들킬까 봐 빨리 퇴원한 거야. 병원 서류에 자세하게 기록해야 하거든. 그러니까 부장님도 잘못한 게 없어. 눈은 실명될 거래. 이제 한쪽 눈으로 세상을 봐야 해.

신율이는 옴에게 한 걸음 더 다가갔다.

-눈이 실명될 건데, 뭐가 다 나았다는 거예요? 영원히 한쪽 눈으로 세상을 봐야 하는데.

신율은 옴이 안쓰럽고 불쌍했다.

-우리나라에서는 흔한 일이야. 덧나지 않으면 괜찮을 거야.

옴이 대답했다. 옴이 초조하게 말을 이었다.

-이시바와 패거리들이 내 뒤를 밟고 있어. 아무래도 내가 어디서 묵는지 알아내려는 것 같아. 들킬까 봐 불안해.

옴이 길 건너를 눈짓으로 가리켰다. 이시바와 패거리들은 굳이 몸을 숨기지 않고 어기적거리며 서 있었다. 신율이 고개를 돌리자 이시바가 이를 드러내고 웃었다.

-신율 먼저 우주선에 가 있어. 내가 이시바들을 따돌리고 갈게.

옴이 말했다. 신율은 고개를 저었다. 옴이 저들에게 잡히면 무슨 일을 당할지 모를 일이었다. 경찰을 부를 수 있는 사람은 신율이었다.

-같이 따돌려요. 재미있을 것 같아요.

옴이 고개를 젓고 말했다.

-저들은 위험해. 신율한테 나쁜 일이 생길지 몰라. 지금은 나를 모른 척하고 그냥, 지나가. 같이 있는 모습을 보여도 좋지 않아. 위험한 놈들이야.

신율은 망설이다가 고개를 끄덕였다. 신율은 이시바가 옴의 비밀에 대해서도 다 알고 있다는 것을 깨달았다. 오늘 하루를 넘긴다고 해서 내일은 괜찮을까. 신율은 마음이 놓이지 않았다.

-아무래도 내가 눈을 다친 일로 부장님이 저 사람들을 심하게 야단쳐서 그런 것 같아. 복수하려는 거지.

신율이는 짐작되는 것이 있어서 따져 물었다.

-옴 아저씨가 눈을 다친 것과 저 사람들이 관련이 있어요?

그런 거예요?

옴은 아차 싶어서 입을 다물었다. 옴이 눈을 굴리다가 말했다.

-부장님은 이시바와 패거리들이 내 고글을 숨겼다고 생각해. 그래서 화를 낸 거야. 이시바와 패거리들은 내가 부장님한테 고자질했다고 오해하고.

신율은 고민하다가 말했다.

-경찰에 신고해요. 지금 도망간다고 해서 저들을 영원히 피할 수는 없어요.

옴이 놀라서 신율을 쳐다봤다. 옴의 한쪽 눈에 당혹감이 담겨 있었다. 신율이는 옴이 숨기고 있는 것들을 떠올리고 고개를 저었다. 신율은 옴을 달래듯 말했다.

-알았어요. 진정해요. 옴 아저씨. 경찰에 신고하지 않을게요. 다친 건 옴 아저씨잖아요. 눈을 잃은 것도 옴 아저씨고. 할아버지가 도와주실 거예요. 방법이 있을 거예요.

옴은 고개를 저었다. 옴은 한을 위험에 빠뜨리거나 한에게 부담을 주고 싶지 않았다.

-저들에게 그건 중요하지 않아. 명예를 훼손했다고 생각하는 거야. 오늘을 넘기면 저들의 화가 누그러질 거야.

신율은 한의 집에서 본 것을 빨리 말하고 싶어서 입이 근질거렸다.

-오늘은 엄지척을 못 하겠네요. 나 휴대폰이 꺼졌거든요.

신율이는 농담을 던지며 손으로 엄지척을 했다. 옴이 웃었다.

-그럼, 빨리 따돌리고 와요. 먼저 가서 기다리고 있을게요. 할 말이 진짜 많아요.

신율이 이시바와 패거리들을 보았다. 옴이 고개를 끄덕이고 뛰기 시작했다. 이시바와 패거리들이 옴이 뛰는 방향으로 쫓아갔다. 신율은 옴이 걱정되었지만 무사하길 바라면서 걸음을 옮겼다.

신율이는 펜스 문을 열고 우주선으로 들어갔다. 옴이 없는 우주선 안은 어둡고 무서웠다. 신율은 휴대폰 플래시를 켤까 하다가 배터리가 떨어진 것이 떠올랐다. 신율은 자주 와 본 길이라는 생각을 했다. 무엇보다 소녀 유령이 진짜 유령이 아니라 옴이라는 생각을 하자 마음이 놓였다. 불을 켤 수 있는 곳까지만 걸어가면 되었다. 바닥에는 옴이 붙여 놓은 야광별이 있었다. 이 별을 따라가면 휴게실로 향하는 길이었다. 별을 따라 우주선 아래층으로 내려가야 옴이 먹고 잠드는 공간까지 갈 수 있었다. 신율은 어둠 속에서 야광별을 따라 걷기 시작했다. 우주선 출입구에서 3층으로 내려왔다. 신율은 3층의 불을 켰다. 우주선 안이 밝아지자 마음조차 환해졌다. 긴장이 풀려서 가방을 고쳐 멨다. 신율은 더 내려가지 않고 3층에서 옴을 기다리기로 마음먹었다. 신율은 우주선 안을 둘러보고 싶었다. 한과 옴은 안전모와 안전화를 강조했지만 신율이는 우주선에 드나들면서 한 번도 다친 적이 없었다. 신율은 우주선을 해체 작업하는 시간에는 들어올 수 없었고 밤에만 올 수 있었다. 40도의 열기도 푸른빛이 도는 가스절단기의 불도, 용접하며 불꽃이 튀는 위험한 상황도, 뿌연 연기도 본 적이 없었다. 신율에게 이 우주선은 그저 낡은 철 고래였다. 언니가 죽은 장소였다.

신율은 옴을 기다리기 지루해서 3층의 구석구석을 살펴며 걸어 다녔다. 스위치 옆에 야광별이 다시 보였다. 야광별은 휴게실로 향하는 곳에만 붙어 있었는데, 옴이 더 붙여 놓은 것 같았다. 신율은 그 별을 따라 걸었다. 계단을 오르자 신율이가 통곡하던 벽이 나왔다.

야광별은 그 벽을 향해 붙어 있었다. 신율은 그 벽 앞에 섰다. 심장을 쥐듯 다시 가슴에 통증이 왔고 울고 싶어졌다.

그 순간 야광별이 벽에 있는 쇠 얼룩을 감싸고 있는 모양이 보였다. 녹슨 얼룩이 작은 행성처럼 빛을 내고 있었다. 녹슨 얼룩은 은하수처럼 보였다. 그 벽 앞에서 언니의 죽음을 생각하고 자주 울었더니 옴이 위로를 해 주고 싶었던 모양이었다.

-우리가 있는 이 동네도 우주라고 옴 아저씨가 말했었지. 나는 밤마다 이 동네를 헤매고 다니는 게 아니라, 우주를 헤매고 다니는 거라고. 이미 언니를 찾고 있었던 건지도 몰라.

신율은 벽에 붙은 야광별들을 만지작거렸다. 어둠 속에서 야광별은 밝게 빛났다. 신율이는 마치, 언니가 있는 행성에 도착한 기분이었다. 신율은 매일 그 벽 앞에서 울었는데, 오늘은 기분 좋은 웃음이 났다. 신율은 한참 그 야광별을 만지작거리다가 아래층으로 내려가려고 계단으로 갔다. 계단의 난간이 아슬아슬한 곳이었다. 계단참에 신율의 발소리가 쟁쟁 울렸다. 신율은 옴이 오는지 귀를 기울였다. 그때 신율의 정수리로 날카로운 쇠가 날아와 꽂혔다. 신율은 세상이 반으로 쪼개지는 느낌이었고, 끔찍한 통증이 뇌를 흔들었다.

신율이는 정신을 잃고 추락했다. 끝없이 끝없이 추락했다.

신율은 깨어났다. 부서진 몸에서 끔찍한 통증이 밀려왔다. 신율은 손가락을 까딱하기도 힘들었다. 뼈가 마디마디 부러진 것 같았다. 신율은 눈물을 흘리면서 엄마를 불렀다. 옴을 불렀다. 한을 불렀다. 신율은 희미해지는 의식으로 죽고 싶어 하던 순간을 떠올렸다. 그렇게 원하던 일이 원하던 장소에서 일어났다. 그러나 신율이의 상상과 달리 끔찍하게 고통스러웠다. 신율은 이 우주선에서 죽어 갔을 언니를 생각했다. 그러자 조금 위안이 되었다. 신율이 엄마가 바라던 대로, 엄마의 인생을 어지럽게 만드는 존재인 신율이는 사라지는 것이었다. 엄마에게는 선물일까. 신율은 여덟 살 이후로 늘 혼자였던 시간을 생각했고, 이제 찾은 두 친구인 한과 옴을 생각했다. 옴 아저씨는 왜 오지 않을까.

옴. 신율은 부서진 뼈가 장기를 찌르는 고통에 몸서리치며 옴을 기다렸다. 꺼져 버린 휴대폰처럼 막막한 어둠 속에서 신율은 옴을 기다렸다. 옴이 오길. 그리고 옴이 사람들을 데리고 와서 신율이를 구해 주길. 그것도 아니라면 내일은 월요일이니까 사람들이 출근할 것이고, 그들이 신율을 발견할 것이었다. 하룻밤만 살아 있으면 되는 일이었다. 움직이지 못하는 신율의 주위로 어둠이 더 짙어졌고, 어둠을 틈탄 벌레들이 다가왔다.

-한 할아버지 말이 맞았어.

신율이는 후회했다. 신율은 이 우주선에 들여보내 달라고 한을 조르던 날들을 떠올렸다. 돌아보니 그날들이 이 항구도시에 와서 가장 행복한 순간들이었다. 항만의 뒷길을 뛰던 그 밤도, 그 밤에 울리던 두 사람의 발소리도 경쾌하고 좋았다. 신율은 한에게 사과해야겠다고 마음먹었다. 다른 사람의 상처를 들여다보며 자신의 상처를 위로받았던 것. 그것은 편견에 시달리는 사람이 자기보다 못한 사람을 동정심으로 대하는 못난 경우였다. 아니 더 심하게 나쁜 짓이었다. 살려 달라고 소리라도 지를 수 있으면 좋으련만. 아름다웠던 밤이 갈가리 찢기고 조각나고 있었다. 신율은 의식을 잃고 잠이 들었다.

옴은 항구도시의 길을 뛰었다. 이시바와 패거리가 쫓아오고 있었다. 얼마나 더 빨리 뛰어야 저들을 따돌릴 수 있을까. 옴은 한에게 전화를 걸었으나 한의 전화는 꺼져 있었다. 옴은 경찰에 전화를 걸었다가 망설이고 끊었다. 옴은 병원으로 몸을 숨겼다. 경비직원이 옴을 수상하게 보더니 쫓아냈다. 옴이 짐을 짊어지고 다녔기에 노숙자로 알았던 것이다.

옴은 항만의 우주선으로 향했다. 우주선 안에는 불이 꺼져 있었고, 신율이는 보이지 않았다. 옴은 층마다 돌아다니며 신율을 찾았다. 신율에게 전화를 걸었지만 받지 않았다. 배터리가 없다고 했지. 옴은 중얼거렸다. 그때 옴의 휴대폰에 문자가 도착했다. 이시바였다.

'너 우주선에서 사는구나.'

옴은 놀라서 우주선에서 뛰쳐나왔다. 옴은 어디로 가야 할지 몰랐다. 거리를 어슬렁거리던 옴의 뒷덜미를 누군가 잡았다. 이시바였다. 이시바와 패거리는 옴을 끌고 숙소로 데려갔다. 옴은 제발 놓아 달라고 사정했다. 그러나 이시바는 그 말을 듣지 않았다. 그들은 옴을 방에 가두었다. 이시바는 다음 날 출근할 때 끌고 가서 자백시킬 작정이었다. 옴은 그곳에서 잠이 들었고 다음 날 한이 경찰에 긴급체포되었다는 연락을 받았다.

-신율이 실종되었다고?

이시바는 옴을 돌봐 주던 한이 잡혀갔다는 말에 고소해했다. 이시바와 패거리들이 식사를 하러 나갔다. 그때 이시바와 같이 다니던 라훌이 돌아왔다. 옴이 종교가 다르다는 이유로 쫓겨날 때도 미안해하던 사람이었다. 라훌이 옴을 묶어 놨던 끈을 풀어 주며 말했다.

-다들 이시바와 생각이 같은 건 아니야. 이시바가 화를 내니까 할 수 없이 따르는 거야. 나는 인도에 계신 어머니가 편찮으셔. 내가 강제 출국당하면 어머니의 병원비를 낼 수가 없어. 부탁이야, 옴. 이 일로 나와 동료들이 이 나라에서 쫓겨나지 않게 해 줘.

옴이 말했다.

-너희들 처지를 이해해. 그래서 이시바가 괴롭혀도 부장님에게 말하지 않았어. 다들 이시바를 겁내고 있다는 것도 알고 있었어. 나를 풀어 준 거 잊지 않을게. 라훌.

라훌이 문밖을 살피고 옴에게 고개를 끄덕였다.

-옴, 너의 신이 너를 지켜 주길 바랄게.

옴은 해체공들의 숙소를 빠져나오며 신이 도왔다고 생각했다. 그 신이 라훌의 신이든, 옴의 신이든. 옴은 혼자가 아니었다.

옴은 우주선으로 가려다가 한이 잡혀갔다면 일을 하지 못할 거라는 생각이 들었다. 옴은 한쪽 눈으로 항구도시의 풍경을 보았다. 한과 신율과 걸을 때는 아름다웠던 길이 어둡게만 보였다. 다친 눈에 통증이 오자 옴은 기차역 대합실에 들어갔다. 약국에서 진통제를 사서 먹은 다음 대합실 의자에서 잠이 들었다.

신율은 아직 그 우주선에 있을 것 같았다.

신율은 왜 집에 돌아가지 않았을까.

옴은 혹시나 해서 경찰서에 전화했다.

-신율 우주선에 있다.

옴은 서툰 한국어로 말했다. 경찰은 장난 전화 하지 말라며 전화를 끊었다. 옴은 그 우주선으로 가야 하나, 고민했다.

신율이는 펄펄 끓는 물속에서 살려 달라고 외치다가 의식이 들었다. 우주선 안이 끔찍하게 더웠다. 고열이 오를수록 신율은 헛것에 시달렸다. 신율은 가장 행복하던 시절인 언니와 있던 시간으로 돌아갔다. 언니와 신율은 숨바꼭질을 했다.

꼭꼭 숨어라. 머리카락 보일라.

언니가 눈을 가리고 말했다. 신율이는 뛰어가 몸을 숨겼다. 다 보이는 미끄럼틀 뒤였다.

찾는다.

언니는 외치고 나서 놀이터에 있는 의자 뒤와 정글짐 뒤를 살폈다.

어? 어디 있지? 우리 신율이가.

언니 나 여기 있어.

신율이 외쳤다. 그러나 언니는 신율이가 보이게 서 있어도 찾지 못했다.

언니, 나 여기 있다니까. 왜 못 찾아?

신율이 말했다.

제발, 나를 찾아 줘.

신율이 미친 듯이 큰 소리로 외쳤다. 신율은 잠깐 의식이 들었다.

살려 주세요. 살고 싶어요.

신율은 목소리가 나오자 외치기 시작했다. 그러나 우주선 근처로 아무도 오지 않았고, 작업장을 확인하러 오는 사람도 없었다. 손가락이 움직여졌다. 신율은 주머니를 뒤져 휴대폰을 꺼냈다. 휴대폰은 떨어지는 충격으로 액정이 깨져 있었다. 밤새 옴은 오지 않았다. 옴이 이시바와 패거리에게 잡혀 있을지 모른다는 생각이 들었다. 이미 감옥에 갇혔거나 강제 출국의 단계를 밟고 있을지도 모를 일이었다. 아니면 이 항구도시를 떠났거나. 도망쳤거나. 그런 일이 일어났다면 작업자들이 이 우주선에 오지 않을 것이다. 신율이는 침착하게 죽음을 맞기로 했다. 옴이 이 도시를 떠나 도망쳤다면 멀리 가서 행복하길 바랐다.

휴대폰을 경찰이 발견할 경우, 옴이 위험해지겠지.

신율이는 한쪽 눈으로 세상을 보면서 도망치고 있는 옴의 모습이 그려졌다. 신율은 옴이 위험에 빠지는 것이 싫었다. 신율은 움직여지는 한쪽 손으로 휴대폰을 든 다음 눈을 돌렸다. 석면이 뜯겨나간 자리까지 손을 뻗을 수 있을 것 같았다. 신율이는 몸에 남은 모든 에너지를 동원해 석면이 뜯겨 있는 벽 사이로 휴대폰을 밀어 넣었다. 휴대폰이 어딘가로 떨어지는 소리가 메아리쳐 들렸다. 신율은 미소를 지었다. 고열이 끓어 신율이의 눈앞이 흐려졌다. 눈앞에 언니가 와서 서 있었다.

언니 나 좀 데려가.

신율은 언니에게 말했다. 언니의 환영이 슬며시 사라졌다. 신율이는 다급하게 외쳤다.

언니, 제발 나 좀 데려가.

언니가 돌아서서 말했다.

나를 잊지 않고 계속 찾아 줘서 고마워.

누군가 올 때까지 내가 같이 있어 줄게.

걱정하지 마. 그들이 너를 꼭 구하러 올 거야.

한의 자백

한이 경찰서에 다시 잡혀가 조사받는 동안 여론은 무섭게 들끓었다.

한은 경찰서에 가서야 알게 되었다. 한을 풀어 준 것은 덫이 었다는 것을.

형사는 한이 신율이를 숨겨 놓은 장소에 갈 거라고 생각했다. 한이 집에 돌아갔을 때 형사들은 잠복하고 있었다. 한이 편의점에 갔을 때도 그랬다. 한이 잠든 시간에도 형사들은 기다렸다. 한이 새안대교를 건너 항만까지 걸어가는 동안에도 따라붙었다. 한은 전혀 눈치채지 못했다. 변호사와 같이 온 열은 한 때문에 못 살겠다고 몰아붙이며 자신의 가정까지 파탄 나게 생겼다고 화를 냈다.

-신율이는?

한이 물었다.

-아직 의식불명이랑께. 그 애기 죽으믄 형님은 살인범이
랑께. 뉴스에 나온 그 소녀들 진짜 다 형이 죽였당가. 아따 무
섭네.

한은 서운한 마음에 외쳤다.

-내가 도와준 소녀들이랑께. 그 안 있냐. 결연 맺어서 외국
에 있는 애기들 도와주는 그거랑께. 내가 형사들한테도 몇 번
을 말했는가 모르겠네. 확인해 보랑께. 지발.

열과 변호사는 눈을 마주쳤다.

-그럼 왜 사진을 다락에 붙여 놨당가. 그리고 왜 남자아이
는 한 명도 없고 다 여자아이들만 있당가. 그것이 더 무섭당께.

열의 물음에 한은 대답했다.

-그려. 생각해 봉께. 내가 다 죽였그만. 너 인쟈 오지 말아라.
나랑 인연 끊었다고 하고 살아라. 내가 그 소녀들 다 죽였응께.

한이 입을 다물자 변호사와 열은 돌아갔다. 경찰서 밖은 몰
려온 인파와 취재진으로 시끄러웠다. 한을 내놓으라고 외치는
확성기 소리가 요란하게 들렸다.

형사가 한의 앞에 순댓국을 내밀었다. 한은 이틀 동안 제대
로 된 식사를 하지 못하고 있었다. 허기가 체면을 잊게 했다.

한은 밥을 말고 새우젓과 파를 잔뜩 넣었다. 한은 밥을 입안에 몰아넣고 깍두기를 집어 먹었다. 창자를 움켜쥐고 있던 허기가 풀리면서 배 속이 따뜻해졌다. 한은 눈물이 났다. 한번 터진 눈물은 멈출 줄을 몰랐다. 한은 울면서 밥을 씹어 삼켰다.

한이 식사를 마치고 물을 마시고 나자 의료진이 들어와 한의 상처를 소독했다. 벌어진 상처를 꿰매고 붕대를 감았다. 파상풍 주사도 놓았다. 형사가 한의 앞에 자리 잡고 앉아 노트북 화면을 열자 한이 외쳤다.

-내가 그랬소. 내가 그랬당께라.

형사는 노트북 키보드를 누르던 손을 멈추었다.

-벌써 50년 전이죠. 그 배 참사 일어난 게. 그 이후에 힘든 일을 겪으셨더군요.

형사가 말하자 한은 발끈했다.

-그 일이 또 매스컴에 뜬 거요?

형사가 손을 휘젓고 사진을 보여 주었다. 한의 노트였다.

-신율 양 배낭 안에서 발견된 증거품입니다. 라한 씨의 일기장이더군요. 라한 씨가 버린 것을 신율 양이 주워서 읽기 시작했다고 적혀 있더군요. 뒷부분의 빈 장에 신율 양이 적어 놓은 내용이 있습니다.

한은 짐작했던 일이라 놀라지는 않았다. 노트 안의 내용을 형사들이 다 읽었을 거라는 생각이 들자 속을 들킨 것이 수치

스러웠다. 몇 명의 사람들이 한의 일기를 본 것일까. 형사는 다 이해한다는 듯이 말했다.

-그 여자의 부모한테 형사고소까지 당해서 고생을 했더군요. 참사에서 살아남았으면 삶을 소중하게 생각해야지. 그 여자도 참.

형사의 입에 시원의 이름이 오르내리자 한은 모멸감을 느꼈다.

-이상한 여자가 아니라, 그 참사의 진상 규명을 계속 주장했당께라. 친구들 죽음을 보고 그랬당께라.

한은 말을 해 놓고 보니, 하나하나 시원을 변명하고 있었다. 시원이 했던 일이 부정당하는 것은 한의 과거도 손상되는 것이었다. 한은 과거에 그랬던 것처럼 언론에 떠밀려 시원을 매도할 수 없었다. 시원을 두 번 세 번 죽이는 일이었고, 한도 같이 죽는 일이었다. 남들에게는 흘러간 시간이 한에게는 흘러간 역사일 수 없었다. 시원은 죽었지만, 한은 살아 있으니까. 시원의 일이 아닌 한의 일이었다.

-지나간 일은 잊을 줄도 알아야지요.

형사가 말했다.

-시원은 고등학교 졸업 후에도 계속 불면에 시달렸습니다. 대학 진학도 포기한 채 진상 규명 집회만 하다가 20대 초반에 교통사고가 난 겁니다. 그 젊은 나이에, 불면증약을 과다 복용

하고 운전하다가 그렇게 된 겁니다.

한이 힘주어 말하자 형사가 말을 돌렸다.

-그 여자와 무척 뜨거우셨나 봅니다.

한은 명치가 불에 타는 것처럼 화끈거렸다.

-이보세요. 형사님. 당신처럼 생각하는 사람들이 있어서 내가 그렇게 힘들었던 거요. 그 부모들이 화났던 것도 시원이랑 나의 관계를 이상하게 몰고 가서였다고요. 시원이 했던 일을 집착이 강한 여자가 했던 일로만 치부했으니까요.

한의 말에 형사의 눈빛이 진지해졌다. 형사가 물었다.

-그래서, 자수하시는 건가요?

한이 고개를 끄덕였다. 한의 눈은 충혈돼 있었고 머리카락은 땀에 젖어 있었다. 인중의 수염은 삐죽이 솟아 나와 있었다. 하얗게 센 수염과 백발 머리카락이 이마의 굵은 주름과 어울려 노쇠해 보였다. 며칠 사이 폭삭 늙은 얼굴은 붉게 익어 있었는데, 거뭇거뭇 자리 잡은 검버섯 때문에 지쳐 보였다.

-내가 그랬소. 신율이.

불과 하루 전까지 신율이와 관계없다고 버티던 당당함은 온데간데없었다. 형사는 한의 눈을 응시하며 잠시 침묵했다.

-이상한 점은 신율 양의 휴대폰을 어디에서도 찾을 수 없다는 겁니다. 라한 씨의 노트는 버젓이 배낭에 있었는데, 모든 것을 증명해 줄 휴대폰이 사라졌어요. 휴대폰 안에 그간의 일이

다 들어 있을 텐데. 범인을 찾을 수 있을지 모르고요. 혹시 신율 양 휴대폰을 보셨나요?

한은 고개를 저었다. 신율이의 휴대폰이 발견된다면 옴과 연락하고 지냈던 일까지 알게 될 것이었다. 옴이 이 일에 연루된다면 강제 출국을 당할지도 모를 일이었다. 한은 신율의 휴대폰을 찾으려는 경찰의 수사를 막고 싶었다. 한은 억지라는 것을 알지만 자백하기로 했다. 한은 큰 소리로 외쳤다.

-신율이가 그 우주선에 데려다 달라고 했소. 그래서 내가.

형사는 신율이의 진단서를 펼쳤다. 형사는 팔짱을 끼고 말했다.

-그럼. 신율 양을 그 우주선에 데려갔다는 말씀인가요?

형사가 진단서와 의사 소견서를 눈짓으로 가리키며 물었다. 형사는 한의 표정, 손짓, 한숨까지 놓치지 않고 있었다.

-우주선에 들여보내 달라고 해서 데리고 들어갔소. 하지만 밀지는 않았소. 사고가 있었을 뿐이오.

형사가 고개를 저었다.

-뭘 숨기고 있는 거죠? 혹시 누구를 보호하려는 겁니까? 아니면, 죄책감 때문인가요? 우리는 끝까지 의혹을 품고 조사하고 있었지만, 증거가 말하고 있습니다. 그 시간에 당신의 알리바이는 이미 증명되었습니다. 잊었습니까?

한은 처음 잡혀 왔을 때가 떠올라 말문이 막혔다. 형사는 팔짱을 풀고 의사의 소견서 내용을 읽어 주었다.

　-사고의 최초 원인은 나사못이 정수리로 떨어져 뇌가 골절되었고, 정신을 잃고 바닥으로 추락하면서 척추가 부러진 걸로 나옵니다. 또한 부러진 갈비뼈가 폐와 장기를 찔렀군요. 과다출혈과 고열이 있어서 의식불명입니다.

　한은 자신이 염려했던 대로 안전모를 착용하지 않은 신율이의 머리 위로 떨어진 못을 생각하자 화가 치밀었다.

　-내가 신율이를 빨리 구했어야 했소.

　형사가 이어서 말했다.

　-신율 양 사고가 난 시간은 라한 씨가 고향집에 있던 시간과 일치합니다. 고향에서 돌아온 후 경찰에 곧장 연행되었으니, 알리바이가 입증된 겁니다. 신율 양은 우주선이 가장 더운시간에 고열로 체온이 올라가 의식불명이 되었습니다. 출혈도심했고요. 죽지 않은 것이 천만다행입니다. 누군가 배 안을 들여다봤으면 빨리 구조했을 텐데. 신율 양 어머니의 원망이 어디로 향할지 걱정입니다. 라한 씨의 알리바이가 나왔는데도, 아직 라한 씨를 의심하고 있어요.

　한은 신율이 엄마가 자신에게 달려들던 일이 떠올랐다. 악에 받쳐 있던 눈과 속을 끓이느라 망가진 얼굴이 아른거렸다.

　-시상에 불쌍한 것. 얼매나 아팠으까잉. 그 뜨건 데서. 그라게 내가 뭐라 그랬소. 우주선부터 뒤져 보라고 했소, 안 했소.

내 말은 콧등으로도 안 듣덩만. 아이고 불쌍한 것. 불쌍해 죽겠네. 그 불쌍한 것을 어쩐다요.

한은 눈물을 훔쳤다. 그러다 한은 과거에 시원의 부모가 자신에게 달려들던 일이 떠올랐다. 시원이 사고 난 것은 한의 잘못이 아니라고 해도 믿지 않았다. 자식이 죽었으니까.

-신율이를 제발 살려 주시오. 내가 바라는 게 없소.

한이 한층 작아진 목소리로 말했다. 형사가 보고서를 계속 읽었다.

-신율 양은 추락하면서도 배낭을 메고 있었습니다. 배낭 안에서 라한 씨의 노트가 발견되었습니다. 라한 씨의 메모에 이어 신율 양이 적어 놓은 글이 있습니다. 줄곧 라한 씨를 관찰하고 쓴 글인 듯합니다. 라한 씨의 집에 들어가 우주선의 설계도를 만지다가 고양이한테 긁혀 피가 났던 일이라든가. 참, 이래서 라한 씨 집에서 신율 양의 혈흔이 발견된 것이겠죠. 라한 씨가 부모님의 제사에 간 주말에 라한 씨 집에 들어갔던 건, 라한 씨를 찾기 위해서였나 봅니다.

한은 신율이 시원에 관해 말했던 날의 모습을 떠올렸다. 신율이의 마지막 모습이었다. 한이 알아차리고 말을 들어 주었더라면 사고가 나지 않았을까. 한이 시원에 대해서 털어놓았더라면, 신율은 그 우주선에 가지 않았을지 모른다. 끝없는 후회와 자책이 한의 내면을 흔들었다. 한은 자포자기 심정으로 말했다.

-신율이만 살믄 나는 더 바라는 것이 없소. 나를 감옥에 넣어야 하면 그렇게 하시오.

형사가 노트북을 탁 덮고 말했다.

-이 영감님이 사태의 심각성을 모르시네. 지금 밖에 몰려온 사람들이 이 보고서를 믿어 줄 것 같습니까. 당신이 이렇게 나오면 의사 소견서건 뭐건 여론에 떠밀려서 죄를 뒤집어쓸지 모릅니다. 도대체 왜 이러는 겁니까. 정신 차리세요.

형사는 지친 얼굴로 취조실을 나갔다. 돌이켜 보면 신율이는 한에게 오미자차를 그냥 준 적이 없다. 질문을 던지거나, 궁금한 것을 묻거나, 자신의 의견을 말했다. 오미자차 한 잔에 한 가지씩. 한의 마음을 녹이기 위해 차디찬 오미자차뿐만 아니라 끝없이 질문을 했다.

신율이가 한에게 바랐던 것은 무엇이었을까.

한은 답을 찾다가 꾸벅 졸았다.

교복을 입은 여자아이의 가느다란 뒷모습이 보였다. 한도 칠십 먹은 노인이 아니었다. 젊은 한은 여자에게 다가갔다.

-시원아?

한이 손을 내밀어 여자의 등을 건드렸다. 바람에 교복 치마가 나부꼈다. 여자가 한을 향해 고개를 돌렸다. 소녀의 얼굴은 시원이었다가 신율이가 되었다. 피투성이 얼굴에 한은 눈을 번쩍 떴다. 한은 숨이 막혔다.

신율이 엄마가 한의 목덜미를 누르고 있었다. 늙은 몸으로 돌아온 한은 숨이 쉬어지지 않아서 컥컥거렸다.

-네 놈이 내 딸을 끌고 가서 무슨 짓을 한 거야? 내 딸 살려 내. 당장, 내 딸 살려 내라고.

한의 목이 더 조여들었다. 신율이 엄마는 미친 사람처럼 눈동자가 풀려 있었다. 한의 목을 누르느라 얼굴과 눈까지 붉게 충혈되어 있었다. 한의 눈앞이 노랗게 변했다. 환영 속에 소녀가 서 있었다.

신율아?

한은 정신을 놓았다.

한이 삶을 버티는 이유

한이 눈을 떴을 때, 한은 산소호흡기로 호흡하고 있었다.

침대에 누운 한의 팔뚝에 주삿바늘이 꽂혀 있었다. 한은 눈을 감았다. 긴 잠이 이어졌다. 한은 모두가 바라는 것처럼 자신이 죽었을지 모른다고 생각했다. 그러자 마음이 놓였다. 노인네 하나 죽어서 저 사람들의 분노가 풀린다면 죽는 것도 나쁘지 않을 것 같았다.

한이 다시 눈을 떴을 때, 의사가 한의 눈을 뒤집어 보고 있었다. 동공의 움직임을 확인하고, 맥박을 체크하고, 혈압을 체크한 다음, 링거액을 조정했다. 아쉽게도 한은 죽지 않았다.

-라한 씨 정신이 드십니까. 이틀 동안 정신을 놓고 있었습니다.

한은 고개를 끄덕여 의사 표시를 했다. 산소호흡기가 답답했다. 신율이 엄마는 어떻게 되었는지 물어보고 싶었다. 한은 산소호흡기를 내렸다. 소독약 냄새가 코끝을 스쳤다. 중년의 의사가 물었다.

-라한 씨 하실 말씀이 있습니까?

한은 '형사님을 불러 주시오'라고 말하고 싶었지만 목소리가 나오지 않았다. 목구멍이 따갑고, 건조했다. 한은 있는 힘껏 소리를 냈다.

-켁. 컥. 형. 형.

의사가 간호사에게 고개를 돌렸다.

-이분 형님이 계신가?

간호사가 차트를 들여다보았다.

-동생분만 계시는데요. 보호자로 동생분 성함이 쓰여 있네요. 형사님이 써 놓으신 거 같아요.

의사가 한을 보며 물었다.

-동생분 불러 드릴까요? 가족들이 걱정하고 계실 것 같은데요. 연락을 했지만 받지 않아서 부르지 못했습니다. 경찰에서 따로 연락을 취할 것 같습니다. 저희도 보호자가 필요한 상황이라서요. 후두부 통증은 크게 걱정하지 않아도 됩니다. 시간이 지나면 통증도 사라질 겁니다. 동생분 불러 드리겠습니다.

한이 고개를 저었다.

-그래요? 그럼 간호사, 형사분들 불러. 깨어나셨으니 아셔야 할 것 아니야.

한은 고개를 끄덕였다. 간호사가 나가고 한은 물을 찾았다. 건조한 입안을 적시고 나자 주변이 보였다. 한은 새안시 시내 병원 침대에 누워 있었다. 몸을 일으키자 팔다리에 힘이 들어갔다.

형사는 신율이 엄마가 경찰서에 구금된 상태라고 말했다.

형사가 의사의 소견서를 전달해 주었지만 신율이 엄마는 믿지 않았다. 신율이가 발견될 당시에 우주선 안에 한이 있었기 때문이다. 신율이의 몸에서 한의 지문이 발견되지 않았고, 신율의 추락사고 당시에 한이 고향에 있었다고 말해도 믿지 않았다. 형사가 잠시 자리를 비운 사이에 신율이 엄마가 한이 있는 취조실로 들어와 목을 졸랐다.

한이 병원에 누워 있는 사이에 몇 가지 제보가 들어왔다.

먼저 국제구호기금에서 뉴스 화면에 나오는 소녀들의 사진을 확인하고 전화했다. 한은 지난 40년 동안 소녀들을 후원했다. 가난한 나라 소녀들이 공부할 수 있게 지원했다. 한이 후원하는 소녀들의 숫자는 해를 거듭할수록 늘어났다. 한은 베트남, 라오스, 캄보디아의 어린 소녀들과 인도, 방글라데시, 파키스탄 소녀들을 선택했다. 후원단체에서 아프리카와 중남미,

이슬람권 소녀들의 후원을 권해서 그들까지 지원했다. 대부분
은 교육의 기회를 잃은 동남아시아 소녀들과 아프리카, 이슬
람권의 소녀들이었다. 후원단체에서 그 이유를 한에게 묻자
한은 그저 소녀들을 구하고 싶다고 말했다.

홀로 사는 노인의 이 말에 후원단체는 감동했다. 그들은 '그
저 소녀들을 구하고 싶다'라는 한의 말을 기록해 두었다가 단
체 홍보에 사용했다. 한이 해마다 후원하는 소녀들을 늘리자
그들의 감동은 일상적인 감화로 바뀌었다. 그러나 이번 사건
을 계기로 후원단체는 다시 한번 한의 말을 되새겼다.

-그분은 '소녀들을 구하고 싶어'서 장기 후원하신 훌륭한
분입니다.

후원단체는 한이 다락방에 붙여 두었던 사진들과 그들의 후
원 목록에 보관하던 사진들을 비교해 주었다. 모두 일치했다.
그중에 나이가 차서 결혼한 소녀들이 대부분이었지만 한에게
살해당한 소녀는 없었다.

이 사실이 확인되자 한에게 씌웠던 혐의는 풀렸다. 인터넷
댓글과 언론은 하나같이 한을 칭찬하기에 이르렀다. 선행을
베풀다가 도리어 목숨이 위태로워진 노인이라며 그 사람을 우
리가 잃을 뻔했다고 말했다. 대중은 안타까움에 한의 병원비
모금 운동으로 시선을 돌렸다. 신율이의 병원비를 모금하던
행사는 관심에서 멀어졌다.

한이 사경을 헤매며 의식이 돌아오지 않자 안타까움은 더 커졌다.

신율이와 같이 학교에 다녔던 친구의 인터뷰가 나오자 여론은 일시에 돌아섰다.

신율이가 예멘인 아버지를 두었다는 것. 아버지가 난민 출신이었으며, 같은 난민 출신 여성과의 사이에서 딸을 낳았었다는 것. 신율이 엄마와 재혼해 신율을 낳았다는 것. 신율이 엄마가 우주에서 사고로 죽은 아빠의 보상금과 배다른 언니의 보상금까지 챙겼다는 내용이었다. 신율이의 정신과 치료 이력까지 언급되었다. 볼펜으로 눈이 찔릴 뻔한 상담사의 증언이 나왔다.

대중은 일시에 침묵했다. 언론은 소녀를 구해야 한다는 구호 대신 다문화가정의 문제점을 들추기 시작했다. 신율이 엄마는 선한 노인을 죽이려던 독한 여자로 낙인찍히고 말았다. 신율이 엄마는 구치소에서 나올 수 없었다.

다음 제보는 열쇠공이었다.

한의 동네에 사는 열쇠공은 신율이 어느 날 오후 열쇠를 가져와 복사해 달라고 했다는 말을 전했다. 한의 집을 드나들고 펜스를 열 수 있는 열쇠였다.

대중은 신율이가 다른 사람의 집을 무단으로 침입했다는 사실에 주목했다. 소녀의 사고는 안타깝지만 스스로 죽음의 자리에 찾아간 행동은 동정심을 얻지 못했다. 대중은 SNS에서 자신을 노출하던 신율이가 급기야 목숨을 걸면서까지 관심을 받고자 한 것이 아니냐는 의문을 제기했다. 그리고 신율이의 SNS에 악성 댓글을 달기 시작했다. 주제도 모르고 희생자들을 SNS에 올렸다고 화를 냈다.

한의 동생 열은 과거에 한이 참사 희생자의 진상 규명을 돕다가 당했던 일을 알렸다. 한과 무관한 사고였지만, 한은 살인범으로 몰려 구속될 뻔했고 그로 인한 정신적 트라우마로 성기능을 잃었다고 했다. 의사의 소견서는 한의 신체 상태를 증명해 주었다. 열은 한이 도와주었던 섬의 지적장애 여자아이의 이야기도 했다. 그 일로 인해 오해를 받아 고향에서 살지 못하고 떠나야 했던 일을 말했다. 여자아이를 돕다가 당했던 일은 한이 소녀들에게 갖고 있던 혐오감을 트라우마로 재해석해 주었다.

한이 다음 날까지 사경을 헤맨다는 소식이 전해지자 여론이 완전히 돌아섰다. 여론은 초동수사의 부실함을 지적했다. 범인이 아닌 사람에게 누명을 씌운 책임을 경찰에게 물었다. 신율이 엄마가 거리낌 없이 노인에게 다가가 목을 조를 수 있었던 경찰서 내부의 보안도 구설에 올랐다.

한은 소녀들을 죽인 연쇄살인마에서 가난한 나라의 소녀들을 구하는 키다리 할아버지로 불리게 되었다.

한이 깨어나지 못하고 누워 있는 동안 일어난 일이었다.

—신율이 엄마를 풀어 주랑께요. 나는 괜찮당께라. 피해자가 합의하면 가능하지 않소? 내가 신율이한테 잘못한 것이 많소. 그 집 엄마한테도 그렇고. 제발 풀어 주시오. 딸이 다 죽어 가는디 그 사람이 제정신이었겠소. 세상에 인정이라는 것도 있고 실수라는 것도 있지 않소. 나 보시오. 아주 멀쩡하게 깨어났소. 목을 졸려서 늦게 깨어난 게 아니라 며칠 잠을 설치고 피곤해서 푹 자고 일어난 것뿐이오.

상황을 전해 들은 한은 형사에게 사정했다.

—어르신, 성격도 좋으시네요. 범인으로 몰리고 이 모든 일을 겪고 죽을 뻔했으면서 용서하겠다고요?

형사는 전과 다르게 친절하게 말했다. 한이 고개를 끄덕였다. 한의 눈꼬리에 눈물이 흘러내렸다.

—신율이가 혼자 병원에 누워 있지 않소. 돌볼 보호자가 있어야지라.

한은 형사에게 부탁하고 돌아누웠다.

한은 참사가 일어났던 섬의 고등학생이었다. 그때 그 사고가 났을 때, 한은 아버지를 기다리느라 항구에 있었다. 잠수부들이 학생들을 꺼내올 때마다 한은 학생들의 얼굴을 보았다.

그때 살아남은 학생의 울음소리가 매일 들렸다. 그 소녀는 부모를 따라 집에 돌아가지 않았다. 친구들이 한 명씩 올라올 때마다 친구들 얼굴을 확인하고 울었다. 그 소녀가 열여덟 살 시원이었다. 시원은 절대 집에 돌아가지 않겠다고 고집을 부렸다. 한은 시원과 함께 죽은 아이들의 얼굴을 모두 보았다. 한은 죽은 아이들의 얼굴을 잊을 수 없어서 진상 규명 집회에 따라다녔다. 그때마다 시원이 있었다.

3년 후, 한과 신율은 스물한 살이 되었다. 한의 부모가 죽고 세상에 시원밖에 없다고 생각했을 때, 사람들은 진상 규명 집회를 계속하는 이들에게 우호적이지 않았다. 그 배에서 이제 내려올 때가 되었다고 말했다. 시원은 절대 그럴 수 없다고 했다. 시원이 그렇다면 한도 같은 마음이었다. 시원은 불면증약을 계속 복용하고 있었다. 시원은 스무 살 때부터 운전을 했는데, 유가족들이 부르면 언제든지 달려가기 위해서였다.

그날도 시원은 유가족에게 가던 길이었다. 시원은 불면증약을 과다 복용한 상태로 운전을 했다. 사고가 있었다. 왜 이렇게 한의 주변에는 사고가 잦은지. 한이 사랑하는 사람들을 다 데려가는지. 한은 원망스러운 마음이 들었다. 시원의 부모는 한이 시원을 죽였다며 고발을 했다. 한은 시원의 부모에게 배신감이 들었다. 한은 여론의 뭇매를 맞았다. 시원의 부모가 한을 살인범 취급했기에, 모두 한이 시원을 죽였다고 했다. 한은 하루하루 사람들에게 욕을 먹었다. 아무도 한을 이해하려고 하지 않았다. 유가족들 편에서 싸웠는데. 어떻게 나한테 이렇게 할 수 있을까.

한은 그 상황에서 벗어나고 싶어서 시원에 대해 좋지 않은 말을 했다. 한이 했던 말은 다시 뉴스와 SNS에 퍼졌다. 시원이 했던 모든 일이 부정당했다. 시원의 엄마가 다시 찾아왔다. 한은 시원을 부정했다. 한은 정신과 치료를 받기 시작했다. 모든 여자가 무섭고 싫었다. 한은 고향 섬으로 돌아왔다. 그 후 고향 섬을 떠나서도 시원의 일은 한에게 악몽이었다.

시원의 얼굴이 지워지지 않았다. 참사 때 죽은 아이들의 얼굴도 문득문득 떠올랐다. 한은 돈을 벌어서 소녀들을 후원하기 시작했다. 후원 숫자가 늘어날수록 한은 노동에 지치고 피곤했지만, 죄책감을 느끼지 않고 잠들 수 있었다. 한은 자신을 구하려고 은밀히 소녀들을 후원한 것이었다. 후원하는 소녀들의 사진이 구호단체에서 올 때마다 다락방에 붙여 두었다. 다른 나라 말이라 이름을 들어도 기억할 수 없었다. 사진 속 얼굴로 기억했다. 혹시 다른 이의 눈에 띌까 봐 다락방 벽에 붙인 것이다.

한은 삶을 그렇게 버티며 노인이 되었다. 시간이 흘러 한의 몸이 늙고 기억도 바래면 악몽을 꾸지 않을 줄 알았다. 나이 들수록 과거의 기억이 선명해질 줄은 몰랐다. 그래도 매일 그때 그 일을 잊으려고 애를 썼다.

옆집에 신율이 이사 오기 전까지 한은, 그 배의 사고 때 죽었던 숫자만큼 소녀들을 후원하는 것이 남은 삶을 버티는 이유라고 생각했다.

한은 소녀들을 후원했던 수십 년의 시간을 돌이켜 보았다. 한이 그간 벌어들인 돈은 한의 밥과 고양이 사료를 사는 것 외에는 모두 후원금으로 들어갔다.

병실에서 돌아누우며 한은 생각을 정리했다. 정말, 소녀들을 후원했던 게 단지 시원에 대한 죄책감을 덜기 위해서였을까.

비쩍 말라 있던 소녀가 몇 년 후에는 살이 붙고 예쁘게 자라 감사의 편지를 보냈을 때, 한은 살아 있는 기분이 들었다. 학교를 졸업하고 결혼하거나 취직했다고 감사의 편지를 보내올 때, 다 키운 딸을 보는 흐뭇함이 있었다. 성장한 소녀의 후원을 종료하고 세상 어딘가에 있는 작고 가난한 소녀를 찾아 후원을 시작할 때, 한은 봄꽃을 기다리는 것처럼 마음이 설레었다. 파일럿을 꿈꾸고 우주비행사를 꿈꾸는 소녀들의 꿈이 한은 좋았다.

늙은 한은 노쇠한 육체를 돌아눕고 돌아누우며 밤새 생각했다. 생각은 멀리 있는 후원하는 소녀들에게 갔다가 '키다리 할배'로 불리기 시작했다는 자신의 별명에까지 이어졌다. 죄책감을 덜기 위해 했던 후원으로 칭찬을 듣는다고 생각하자 한은 다 그만두어야겠다고 마음먹었다.

한은 침대에 오래 누워 있던 참이라 굳어진 다리를 오므렸다가 폈다. 한은 침대에서 몸을 일으켜 앉았다. 꽂혀 있던 소변 줄은 한이 깨어나 몸을 움직일 수 있다는 것이 확인되고 뽑았다. 한은 요의를 느끼고 화장실로 향했다. 창밖으로 항구도시의 야경이 보였다. 한은 새안대교에서 봤던 야경이 눈앞에 떠올랐고 마지막이라고 생각하며 전화했던 옴이 떠올랐다. 한은 옴의 목소리를 들으면서 위로를 받곤 했다. 어쩌면 옴을 보면 젊은 시절의 한이 떠올라서 돕고 싶은 건지도 모른다.

한은 옴에게 전화를 걸었다.

-내가 네 아이 수술비 줄랑께. 병원이나 잡아 놓아. 마침, 사람들이 내 병원비 하라고 넘치게 돈을 후원했당께. 그걸로 느 그 애기 수술하고도 남겼어야.

한은 월급이 끊겨 애태우고 있을 옴을 생각하자 마음이 쓰였다. 죽어 가고 있을 아이의 까만 눈동자가 아른거렸다.

-부장님은 알라신께서 저한테 보내 준 사람입니다.

한은 껄껄 웃으며 말했다.

-옴, 그런데 옴의 신은 시바신이 아닌가? 내가 잘 모르긴 한디. 인도는 거의 힌두교 아닌가?

옴은 한동안 대답이 없었다.

-알라신만이 옴과 함께하십니다.

옴은 자신이 잘 숨어 있다고 생각했다. 그러나 자식의 수술비를 준다는 한의 말을 듣자 옴은 신이 우리 사이에 있다는 말을 떠올렸다. 옴은 신의 섭리를 이해했다. 옴은 신을 속일 수 없다는 생각이 들었다. 옴은 부끄러움에 울었다. 한은 옴이 고마워서 우는 것으로 여기고 옴의 울음을 듣고 있었다.

-옴, 자식이 죽으면 너희의 신에게 돌아가 행복할 텐디. 어린아이를 붙잡고 있는 게 아이를 힘들게 할 거라는 생각은 안 해 봤당가?

한은 다음 말은 삼켰다. 그 아이가 자라서 너와 같은 일을 하며 가난한 삶을 살 수밖에 없을지도 모르는데, 가난을 준 부모를 원망하면서 자랄지 모르는데, 괜찮을까.

-나는 불쌍한 내 자식에게 시간을 더 주고 싶었습니다. 태어난 지 2년 만에 죽어 버리면, 그 아이는 자기가 살 수 있는 시간을 다 잃어버리는 겁니다. 자식은 보고 있으면 그냥 마음이 좋습니다. 그 작은 손으로 나를 만지거나 그 눈으로 나를 볼 때, 나는 내 남은 시간을 그 아이에게 다 주고 싶습니다. 인간은 부모가 되어서 신의 마음을 배우는 것 같습니다.

옴의 말을 들은 한은 부끄러웠다. 옴을 잘못 평가했었다는 생각이 들었다. 한은 옴이 가진 마음을 느끼고 싶었다.

-나는 신율이 엄마 마음을 압니다.

옴이 계속 울먹이며 말했다. 옴은 한에게 꼭 할 말이 있다며 만나자고 했다. 한은 주소를 알려 줬다.

-집으로 오게. 뭐 먹을 건 없지만. 삼겹살 구워 먹을랑가?

한이 말해 놓고 웃었다. 인도인들은 소를 안 먹는지 돼지를 안 먹는지 헷갈렸다.

-저는 돼지 안 먹습니다. 알라께서 허락하신 고기만 먹습니다.

한이 말했다.

-치킨 시켜 줄랑께.

한은 옴에게 말했다.

-신율이도 같이 보러 가자. 옴의 신이 누구든 신율이가 깨어나도록 기도 좀 올려 줘. 알았지 옴?

옴을 구하는 방법

한이 집에 도착했을 때, 한은 외벽이 말끔하게 페인트칠이 돼 있는 것을 발견했다. 한이 입원한 것은 사흘 정도였다. 그동안 여론의 방향이 바뀌었다. 동네 사람들의 사과의 뜻일 것이다. 실컷 욕을 퍼붓고 죄인이 아니라고 하니까 뱉은 욕을 덮어놓은 것이다. 한은 욕설이 적혀 있던 벽을 노려보았다. 마음이 풀리지 않았다.

한은 집 안으로 발을 들였다. 유리창은 깨졌고 곳곳이 어지러웠다. 한은 아픈 몸을 이끌고 거실을 대충 치웠다. 옴이 오면 먹을 수 있는 것을 사려고 편의점으로 향하던 한은, 발걸음을 돌려 동네 구멍가게로 갔다. 노인이 앉아서 텔레비전을 보고 있었다. 한은 간식거리와 쌀과 라면과 이것저것 닥치는 대로 골랐다. 편의점과 다르게 노인은 한에게 눈길조차 주지 않고 무심했다.

그날 구멍가게로 왔다면 그런 수모를 겪지 않아도 되었을까.

한은 편의점에서 당했던 수모를 떠올렸다. 동네 골목을 지날 때 한은 그전과 다른 느낌을 받았다. 한이 신율이의 살해 혐의를 받고 있을 때는 골목만 지나도 뒷덜미가 뜨끈했다. 누군가 자신을 계속 지켜보고 있는 듯한 느낌이었다. 우호적이지 않은 따끔한 눈초리로 창문에 붙어 서서 노려보는 눈들이 느껴졌다. 지금은 아무도 한에게 관심을 두지 않는 기분이 들었고 홀가분했다. 이 구멍가게의 노인도 어쩌면 한의 혐의가 풀려서 경계하지 않는지 모른다.

침묵 속의 화해 말이다. 한은 신율이가 순댓국을 주고 간 것도 화해의 의미였을지 모른다는 생각이 들었다. 그러자 신율이가 이 동네 이 골목에 있지 못하고 병원에서 사경을 헤맨다는 사실에 가슴이 아렸다. 조금만 더 친절할걸. 한은 후회가 밀려왔다. 한은 자신에게 오고 있는 유일한 친구 옴에게 따뜻한 대접을 하고 싶어졌다.

옴과 밥을 같이 먹고 신율이를 보러 가고 싶었다.

한은 냉동고에 있는 생닭을 한 마리 꺼냈다. 옴에게 양념치킨을 시켜 주겠다고 말했지만, 한국식 백숙을 해 주고 싶었다.

토종닭에 인삼을 넣고 푹 고아 옴에게 한국의 집밥 맛을 보여 줘야지. 한은 반찬 코너로 고개를 돌렸다. 포장된 김치와 양념 깻잎, 멸치볶음, 무말랭이를 담았다. 계산하러 가서 노인이 보던 텔레비전을 본 한은 손에 들었던 시장바구니를 놓쳤다.

뉴스에 나온 것은 한의 집에 오기로 했던 옴이었다.

'경찰은 신율 양 살인미수 혐의로 파키스탄인 옴프라카시 미스트리를 체포했다.'

─인도가 아니고 파키스탄?

한이 중얼거렸다. 계산기를 누르던 노인이 한과 텔레비전을 한 번씩 들여다봤다.

─그랑께라. 인도인이라고 속이고 들어왔다요. 그라고 이름도 다른 이름으로 들어왔다등만. 아따, 이 영감님 몰랐는갑다. 깜빡 속았지라. 그 우주선 해체 일하는 거 감독함시롱도 몰랐지라. 그라고 범인이라고 그 난리를 치르고라. 아따, 고생 많았소. 진짜.

입이 열린 노인은 이런저런 말을 쏟아 놓기 시작했다.

─숭한 세상이제. 저 우주선이 여그로 안 왔어 봐라, 저런 파키스탄 사람이 여그까지 막일하러 왔겄소. 무선 세상이제. 싹다 즈그 나라로 보내 부러야 쓰는디. 그 여자아이 죽일 뻔한 죄는 안 물어야 쓰겄소. 그 집 어매도 이 동네서 3년 산 사람이고 딸도 다문화 애기라고 하등만. 요즘 외국에서 시집온 집이 한

둘이요? 물론 그 집은 아버지가 외국인이라고 들었소만. 어찌 됐건 우리 동네 사람 아니요. 딸이 인제 온전히 살지 못할지도 모른다는디. 깨어날지 말지도 모르고라. 그 억울한 속을 어뜨케 하겠소. 아, 물론 영감님 목을 졸라서 죽일라 한 것은 잘못이지만, 경찰이 영감님이 범인이랑께 그랬제. 안 그라요?

노인은 속에 쌓아 두었던 말을 제멋대로 꺼냈다. 한은 노인이 챙겨 주는 봉지를 들고 집으로 돌아왔다. 부엌 식탁 위에 봉지를 던져두고 한은 소파에 앉았다.

한은 텔레비전을 틀었다. 혼자 조용히 뉴스를 듣고 싶었다. 한은 옴을 찾아가 만나 봐야 했다. 한은 취재진에게 걸리지 않게 모자를 깊이 눌러썼다. 한이 전화했을 때 옴이 내내 울었던 일. 그리고 오늘 꼭 할 말이 있다고 했던 옴의 마지막 말이 한을 옴에게 이끌었다.

경찰서에 찾아간 한에게 옴은 그간의 일을 이야기했다. 옴이 숙소에서 쫓겨나 갈 곳이 없어서 갔던 우주선이나, 그곳을 찾아온 신율에 대한 기억을 더듬어서 이야기했다. 옴은 신율이에 관해 어느 만큼 말해야 하는지 고민하면서 천천히 이야기했다. 먼저 신율이가 우주선에 발을 들인 날부터 말하기 시작했다.

그날 옴이 물었다.

-나를 따라온 것입니까.

신율은 고개를 끄덕였다.

-언니를 만나러 왔습니까?

옴은 신율의 눈을 보고 알았다. 신율이 이 우주선에 들어오고 싶어 하는 이유에 대해서. 글을 쓰기 위한 행동이 아니었다. 잊지 못하는 누군가를 보러 오는 눈이었다. 신율은 옴의 말에 눈물을 뚝 흘렸다. 옴은 가만히 바라보고 있었다.

-언제든 언니가 보고 싶을 때 오세요. 저는 괜찮습니다.

옴은 가방에서 컵라면을 꺼내 끓여 주었다. 채식주의자를 위한 라면으로 옴이 아껴 먹는 것이었다. 옴의 저녁 한 끼를 양보하는 것이었지만, 아깝지 않았다. 신율이는 한의 친구이고 한의 친구는 옴의 친구였다. 옴은 라면을 천천히 씹다가 말했다. 그럴 리는 없다고 생각했지만 다짐이 필요했다. 옴에게는 목숨이 달린 일이었다.

-내 비밀을 지켜 줄 수 있지요? 부장님한테도 말하면 안 됩니다.

신율은 고개를 끄덕였다. 옴은 아주 긴 이야기를 늘어놓았다. 누군가에게는 꼭 하고 싶던 이야기였다. 국적을 속이고 와야 했던 이야기. 종교가 달라 숙소에서 왕따를 당하며 살해 위협을 받던 이야기.

옴은 마음속 이야기를 쏟아 놓은 것이 처음이었다. 고국의 아내에게도 한국의 한에게도 할 수 없는 이야기였다. 신율은 침착하게 들어 주었다. 옴은 비밀을 털어놓고 나자 속이 시원했다.

–누구에게나 비밀은 있는 거예요. 이것은 라한 할아버지의 비밀일기예요. 이 일기를 읽어 보면 그분이 왜 나를 싫어하는지 나와 있어요.

옴은 고개를 끄덕였다. 옴이 손을 내밀어 노트를 받으려고 하자 신율이 고개를 저었다.

–내가 당신들의 비밀을 다 지켜 줄게요. 가끔 놀러 와도 되나요? 옴 아저씨. 밤에 심심하면 연락하고 놀러 올게요. 나는 친구가 없어요. 절대로 그 누구에게도 옴 아저씨의 비밀을 말하지 않을게요. 그게 옴 아저씨를 지켜 주는 방법이니까요.

–옴, 내가 경고했잖아. 위험하니까 신율이를 그 우주선에 들이지 말라고. 그런데, 신율은 사고 당시에 왜 그 우주선에 있었던 거야? 옴은 이시바에게 쫓겨 다른 곳으로 갔다면서.

한이 물었다. 옴은 안대를 찬 눈을 만지작거렸다. 가려지지 않은 반대쪽 눈에 눈물이 고이더니 흘러내렸다.

–그건 잘 모르겠습니다. 저는 신율이 집에 돌아간 줄 알았거든요. 저는 무섭고 두려웠습니다. 특히 부장님이 죄를 뒤집어쓰는 것에 대해서요.

옴은 한이 범인으로 몰려 잡혀갔을 때, 옴이 어떠했는지 이 야기하기 시작했다. 한이 잡혀가 범인으로 몰리고 곤욕을 치르는 동안, 옴은 두려움에 떨었다. 한은 이 나라에 있는 유일한 옴의 친구였다. 한이 혐의가 풀려 경찰서에서 나와 옴에게 전화했을 때 옴은 신이 멀리 있지 않다는 생각을 했다. 옴의 생각에 신은 옴의 죄에 대해서 눈감은 적이 없었다.

─부장님은 좋은 사람입니다.

옴의 이 말은 한을 향한 믿음이라기보다 사과였다. 한이 죄가 없다는 것을 누구보다 잘 알고 있는 사람이 옴이었다. 옴은 양심의 가책을 견딜 수 없었다.

한이 신율이 엄마에게 목이 졸려 사경을 헤맨다는 소식이 들리자, 옴은 자신이 한을 위해 뭔가를 해야 한다는 생각이 들었다. 병원에서 한이 전화했을 때 옴은 신이 자신을 용서하지 않을 것임을 알았다. 신율이의 사고도 믿기지 않을 만큼 슬펐다. 옴이 계속 벌을 피한다면 신이 그 벌을 옴의 주변 사람에게 내릴 것 같아 겁이 났다. 옴은 한의 목소리를 들으며 울었다. 한이 목이 아픈지 컥컥거리다가 말을 이었다.

─네 아이 수술비 내가 줄랑께. 병원이나 잡아 놓아.

한의 말에 옴 안에 있던 죄책감은 비수가 되어 옴의 심장을 찔렀다. 옴은 신이 원하는 방향대로 움직이기로 했다. 옴은 벌을 받기로 했다. 옴은 도망치고 숨는 삶에 지쳐 있었다. 기차역 대합실도 더는 머물 수 없었다. 신율의 사고가 있던 날부터 그 우주선은 옴의 집이 아니었다. 이시바와 패거리의 위협을 피해 도망 다니는 것도 힘들었다. 이 항구도시에서는 더 갈 곳이 없었고, 이곳을 떠나 다른 도시로 도망간다면 그 죄를 옴의 아이가 받을 것 같았다. 옴은 한에게 가기로 약속하고 길을 나섰다.

옴이 한의 집으로 가기 위해 버스에 타려고 할 때였다.

경찰과 형사들이 달려들어 옴을 체포했다.

우주선을 지키는 경비직원이 주변의 CCTV와 블랙박스를 뒤진 것은 한에 대한 미안한 마음 때문이었다. 우주선으로 향하는 추모 길의 오른쪽에는 수출을 앞둔 차량이 즐비하게 서 있었다. 왼쪽에는 테트라포드가 군집해 있었고, 우주선 근처 펜스에는 우주선에서 꺼내 놓은 물건들이 방수포를 뒤집어쓰고 있었다. 수출용 차에는 블랙박스가 설치돼 있지 않았는데, 어찌 된 일인지 그중 하나에 설치돼 있었고 켜져 있었다. 순전히 우연이었다. 블랙박스가 켜져 있는 것을 밤중에 경비직원이 발견했다. 그 안에 그날 밤의 일이 녹화되어 있었다. 매일 밤 옴이 몰래 우주선으로 들어가는 모습도 찍혀 있었다. 신율이 밤중에 우주선에 들어가는 모습도 녹화되어 있었다. 사건이 일어났던 날 밤 옴이 도망치듯 뛰어나와 사라지는 모습까지.

옴이 아무리 설명해도 형사들은 옴의 말을 믿지 않았다. 이 슬람을 믿는다는 이유로 테러단체와의 연관성까지 물었다. 이 우주선을 폭파시키려는 목적이 아니었는지.

옴은 그날 밤 그 우주선에 있었다. 신율이는 그 밤에 사고를 당했다. 모든 정황이 옴을 범인으로 지목했다. 옴은 벗어날 수 없었다.

경찰서로 달려온 한은 지치고 피곤해 보이는 옴을 보며, 신율이 빨리 깨어나길 바랐다. 한은 다쳐서 사경을 헤매는 신율이를 두고 옴과 닭을 삶아 먹으려던 것을 후회했다. 한은 옴이 먹지 못하는 순댓국이나 설렁탕 대신 야채김밥을 사다 주었다. 옴은 김밥을 먹으면서 울었다.

–김밥을 보니 신율이 생각납니다. 알라신이 제게 벌을 내리신 겁니다. 부장님이 저한테 얼마나 잘해 주셨는데요. 저 대신 죄까지 뒤집어쓰고 여기 들어와서 수모를 당했잖아요. 사람들한테 욕을 먹고 돌팔매질을 당하고요. 부장님이 제 다리를 치료해 주신 날 제가 파키스탄인이라는 비밀을 말하려고 했습니다. 그때 말했더라면 좋았을 텐데.

한이 옴에게 물컵을 내밀었다. 어쩐지 결혼했다는 비밀 같지도 않은 비밀을 말할 때 실없는 놈이라는 생각이 들었다. 옴이 그때 비밀을 털어놓았더라면, 한은 옴을 파키스탄으로 돌려보냈을 것이다. 그때는 옴과 친하지도 않았고 옴의 사정도 모를 때였으니까. 그렇더라도 오늘처럼 살인미수 혐의를 쓰고 잡히는 일은 없었을 것이다. 옴이 눈을 다쳤을 때도 옴은 비밀을 말하려다 입을 다물었다. 한은 그 순간들이 지나가 버린 것이 안타까웠다.

-부장님한테 가던 길이었습니다. 가서 다 이야기하려고 했어요. 내가 인도가 아니라 파키스탄에서 온 이유. 힌두인들이 이슬람인인 나를 숙소에서 쫓아냈던 일. 그리고 그날 밤, 신율이가 갑자기 사라진 일에 대해서도요. 저는 자수하려고 했어요. 믿어 주세요.

미리 말해 주었으면 좋았을 텐데. 한은 두려움에 차 있는 옴의 한쪽 눈을 보며 생각했다.

-옴, 나는 너를 믿어. 내가 너를 도와줄게.

한의 부엌 식탁에서 녹고 있는 냉동 닭처럼 한의 속도 안타까움에 문드러지고 있었다.

-신율은 괜찮습니까? 신율이 깨어나면 모두 오해였다는 것이 밝혀질 겁니다.

옴이 물었다.

-신율 엄마가 반대해서 신율이를 볼 수가 없어. 신율이 엄마는 화가 많이 나 있어. 신율이가 살지 못할까 봐. 신율이 사고에 옴과 내가 연관돼 있다고 확신하고 있어. 절대 만나지 못하게 할 거야.

한이 물었다.

─그런데, 옴! 신율이가 보낸 엄지척은 도대체 어떤 의미야? 거의 밤마다 보냈다고 경찰이 궁금해했당께. 별 뜻 없는 것이제?

옴은 잠시 말을 고르다가 대답했다.

─히치하이커가 길에 서서 차에 태워 달라고 할 때 손을 들고 하는 표시라고 했습니다.

한은 고개를 갸웃했다.

─우주선에 태워 달라고 할 때 저한테 보내는 신호입니다.

마지막 증인

여론의 관심이 집중된 재판이라 한 달 만에 판결이 날 예정이었다.

옴의 재판은 국민참여재판으로 진행되었다. 오늘은 마지막 공판이 열리는 날이었다.

첫 공판에서 증거불충분으로 살인미수죄는 성립되지 않는다는 결론이 났다. 신율 엄마는 더 늙은 모습으로 오열했다.

두 번째 공판 때, 옴이 신율이를 죽이려 했다고 인정할까 봐 한은 옴을 설득하려고 애를 썼다. 옴은 겁에 질려 있었고 자식이 보고 싶다고 울었다. 재판 내내 옴은 고개를 숙이고 죄인처럼 앉아 있었다. 옴이 두려워하는 것이 무엇인지 파악한 검사는 강제 추방에 관해 언급했다. 옴은 하마터면 살인미수죄를 인정할 뻔했다. 살인미수죄를 증명할 방법이 없어지자 검사는 특수상해죄를 언급했다. 두 번째 공판의 결론은 살인미수죄에서 멀어지고 옴이 신율이를 밀었을 가능성에 관하여 피력하는 것으로 마무리되었다.

오늘 재판에는 숨어 있던 목격자가 나타날 거라는 소문이 돌았다. 변호사는 신율 엄마가 거짓 증인을 샀을 가능성에 대해서 말했다. 이제껏 나타나지 않던 목격자가 갑자기 나타났다는 것이 말이 안 되는 일이었다.

재판장에 옴과 같이 일했던 인도인 노동자들이 와서 한 명씩 증언했다. 그들 중 일부는 국적을 속이고 온 옴은 죽어 마땅하다고 말했다. 그러나 옴을 따돌리고 옴을 숙소에서 내쫓았던 일을 변호사가 지적했다. 옴이 낡고 위험한 우주선에서 잠들 수밖에 없었던 이유를 말했다. 인도인 노동자들은 말이 통하지 않아서 눈치를 살폈다. 옴은 라훌을 바라봤다. 라훌은 옴의 눈을 피하다가 눈이 마주치자 눈물을 흘리기 시작했다. 라훌의 옆에 앉아 있던 인도인 노동자들도 눈물을 흘렸다. 옴은 라훌이 두려워하는 것이 무엇인지 알고 있었다. 라훌은 강제추방을 두려워하고 있었다. 옴은 이 인도인들이 고국에서는 가장 가난한 계급이며, 가족 전체를 책임지는 가장이라는 것을 알고 있었다. 변호사가 라훌에게 물었을 때, 라훌은 옴이 따돌림을 당했던 사실을 인정했다. 분위기가 예상하지 못한 방향으로 흐르자 검사가 나서서 말했다.

ㅡ목격자를 부르겠습니다.

이시바였다. 한과 변호사는 눈을 마주쳤다. 거짓 증인이었다. 이시바는 방청석에 앉아 있는 신율 엄마를 보았다. 신율 엄마가 고개를 끄덕이는 모습을 한은 바라보면서 한숨을 내쉬었다. 이시바가 거짓 증인임을 증명하면 신율 엄마도 자유롭지 못할 것이다. 한은 신율 엄마의 절박함과 옴의 억울함 사이에서 선택해야 했다. 이시바의 증언이 이어졌다. 이시바는 영어로 말했고 통역이 한국어로 번역했다.

ㅡ그날 작업장에 두고 간 것이 있어서 다시 갔습니다. 거기서 옴을 봤습니다.

검사가 증언을 재촉했다.

ㅡ정확히 어떤 것을 보셨죠?

이시바는 잠시 말을 고르다가 계속했다.

ㅡ옴이 소녀를 쫓아가서 계단에서 밀었습니다. 소녀가 추락했습니다.

배심원단이 술렁거렸다.

ㅡ이상입니다.

변호사가 한숨을 쉬고 일어났다.

ㅡ이시바 씨, 왜 이제야 목격자로 나섰습니까. 그사이에 나설 기회가 얼마든지 있었을 텐데요?

변호사의 물음에 이시바는 고개를 빳빳이 쳐들었다. 이시바가 검사를 보고 슬쩍 웃었다. 한은 그 순간 알았다. 이시바를 목격자로 나서게 한 것은 신율이 엄마가 아니라 검사였다. 이 사실이 한의 마음을 조금은 가볍게 했다.

-외국인 노동자가 이런 사건에 말려들 경우, 잘못하면 강제 추방이 될 것 같아 그랬습니다. 그렇지만 시바신의 세 번째 눈을 속일 수가 없었습니다. 옴은 처음부터 우리를 속이고 우리 무리에 들어왔습니다. 더러운 파키스탄인이 신성한 인도인이라니요. 모욕감이 들어서 견딜 수가 없었습니다. 옴은 강제 추방돼서 파키스탄으로 돌아가야 합니다.

검사가 일어나서 말했다.

-감정적인 부분은 삭제를 요청합니다.

판사가 말했다.

-인정합니다. 이시바 씨는 말을 가려서 하기 바랍니다.

검사는 사건이 난 날 밤에 이시바가 아파트 현관을 나서는 모습과 한 시간이 지나 현관을 들어서는 모습이 찍힌 CCTV를 증거로 내세웠다.

-이럴 줄 알고 그날 인도인 노동자들의 동선을 다 추적해 놓았습니다.

변호사가 한에게 속삭였다. 한은 변호사의 선견지명에 다시 한번 놀랐다. 변호사가 USB를 내밀었다. 화면이 나왔다. 화면에는 사건이 일어난 날 이시바가 아파트 현관을 나가는 모습이 찍혀 있었다. 5분 후 이시바는 아파트 앞 편의점에서 컵라면을 사서 먹고 있었다. 이시바는 간식도 사서 먹고 캔맥주를 마셨다. 빨리 감기로 돌리자 머무른 시간이 확인되었다. 한 시간 정도 편의점에 머무른 이시바가 아파트로 돌아가는 모습이 찍혀 있었다.

 -화면의 각도를 보면 아시겠지만 편의점 CCTV에는 찍혀 있지 않았습니다. 편의점 바로 앞에 세워져 있던 차의 블랙박스 화면을 입수한 것이죠. 이시바 씨는 지금 거짓 증언을 하고 있습니다. 또 하나 간과한 사실이 있습니다. 검찰 측에서 증거로 제시했던, 옴이 우주선으로 들어가는 장면이 찍힌 블랙박스 화면에 이시바는 찍히지 않았습니다. 이시바는 그 밤에 항만의 우주선에 가지 않았다는 것이죠. 그러니 이시바가 봤다는 장면은 거짓입니다.

 배심원석이 술렁였다.

 -이시바 씨는 옴을 잡아다가 숙소에 가둬 두었죠. 단지, 옴의 비밀을 폭로해 이 나라에서 강제 추방당하길 바라서 말이죠. 제 말이 틀렸습니까? 당신도 강제 추방 대상이라는 사실을 알고 있습니까?

 이시바가 검사를 보았다. 이시바가 뭔가를 말하려 하자 검사가 제지했다. 이시바는 인도어와 영어를 섞어 화를 내고 검사와 판사를 가리키며 삿대질했다. 방청석도 소란스러워졌다.

─잠시 휴정하겠습니다.

판사가 검사와 변호사를 따로 불렀다.

─이시바가 목격자로 나서겠다고 했습니다.

검사가 판사에게 변명했다. 변호사가 먼저 타협안을 제시했다.

─거짓 증인 그냥 넘어가겠습니다. 대신 이시바를 강제 추방하시죠.

검사가 타협안에 고개를 끄덕였다. 판사는 검사를 노려보다가 그렇게 마무리 짓자고 말했다. 검사는 마지막으로 신율 엄마를 증인석으로 불렀다.

─나는 신율이 엄마입니다. 신율이가 다쳐서 누워 있습니다. 앞으로 신율이는 걷지 못하고 살겠지요. 그 마음을 여러분은 아십니까. 엄마인 나는 내 팔이나 다리가 떨어져 나간 기분입니다. 배 속에 열 달을 품어 내 살과 뼈와 피를 나누어 주고 태어난 딸입니다. 그러니 엄마인 내 마음은 다릅니다. 신율이는 한 줌의 내 살입니다. 내 팔이고 내 다리입니다. 엄마인 나는 내 다리를 잃은 것과 같습니다. 앞으로 나는 내 딸의 다리가 되어 살겠지요. 엄마는 다 그러니까요. 그러나 내 딸을 이렇게 만든 죄는 물어야겠습니다. 억울함을 풀어야 잠을 잘 수 있을 것 같습니다. 존경하는 재판장님, 배심원님 저 파키스탄 노동자

의 죄를 물어 주십시오. 이 억울한 엄마의 마음을 살펴봐 주십시오.

배심원석과 좌중이 찬물을 끼얹은 듯 고요해졌다. 옴은 눈물을 흘리고 있었다. 변호사만은 어떤 확신에 차 있었는데, 한은 그 확신이 어디에서 오는지 예측할 수 없었다.

-존경하는 재판장님. 방금 마지막 증인이 도착했다는 연락을 받았습니다.

검사는 당황했고 재판장은 고개를 끄덕여 허락했다. 재판장의 문이 열렸다. 휠체어를 타고 들어오는 것은 신율이었다. 휠체어를 밀어 주는 사람은 외국 여자였다.

-자페르?

옴이 놀라서 벌떡 일어났다. 자페르는 등 뒤에 아기를 업고 있었다. 딸인 자희르였다. 자희르는 수술을 받아서 회복한 상태라 그런지 건강해 보였다. 신율이 증인석으로 갔다. 신율의 엄마는 얼굴색이 변해 있었다.

-저는 이 사건의 피해자인 신율입니다. 저는 얼마 전 깨어났고 재활치료를 받고 있었습니다. 옴 아저씨의 아내인 자페르 언니가 저를 찾아오지 않았다면, 옴 아저씨가 어떤 상황인지도 몰랐을 겁니다. 여기서 분명히 말씀드리자면 저와 옴 아저씨는 친구입니다. 옴 아저씨를 찾아갈 때마다 저는 자페르 언니와 자희르와 옴 아저씨와 이야기했습니다. 영상통화도 하

고 이야기도 하면서 죽고 싶던 마음이 살고 싶어졌습니다. 옴 아저씨는 죽은 언니의 제사도 같이 지내 주었습니다. 언니에게 보낼 편지도 옴 아저씨가 들어 주었습니다. 사고가 있던 밤에 저는 계단을 내려가다가 천장의 쇳조각을 머리에 맞아 정신을 잃고 떨어졌습니다. 옴 아저씨가 저를 발견하지 못한 것은 제 휴대폰이 꺼져 있어서였을 겁니다. 그러나 라한 할아버지가 저를 찾아내서 살려 주셨습니다. 저는 저를 도와주고 살려 준 제 친구 옴 아저씨와 자페르 언니, 그리고 라한 할아버지에게 엄마를 대신해 사과드립니다.

나는 이대로도 좋아

신율 엄마는 신율이의 재활치료를 위해 도시로 돌아가고 싶어 했다. 그러나 신율이의 사고 이후로 카페를 찾는 사람이 많아졌다. 신율 엄마는 장사하느라 정신이 없었으므로 한이 신율이를 돌봤다.

신율 엄마는 옴을 힘들게 했던 일을 사과했다. 신율은 재판장에서 엄마가 했던 마지막 증언을 듣고 엄마에 대한 마음이 누그러졌다. 신율이가 재활치료를 받고부터는 엄마는 늘 죄인이 된 기분이라고 했다. 신율이 엄마는 아빠의 제사와 언니의 제사를 지내며 같이 슬퍼하고 기억하기로 했다.

한은 모아 놨던 돈으로 낚싯배를 한 척 샀다. 소녀들을 후원하던 것을 그만두었고, 대신 신율이의 다리 수술비를 모으기 시작했다. 신율이가 낚싯배 타는 게 소원이라고 말하자 신율 엄마가 극구 반대했다. 그래서 신율과 한과 옴은 신율 엄마 몰래 배를 타러 나왔다. 한이 낚싯배를 잡고 있었다. 옴이 신율이를 업어서 옮겨 주었다. 휠체어는 접어서 옮겼는데, 배 위에서는 휠체어에 앉아 있는 게 위험할 것 같았다. 신율이는 낚싯배 바닥에 담요를 깔고 누웠다. 1년 동안 척추 수술을 세 번 받았고, 팔에도 손가락에도 인공관절 수술을 받았다. 의사는 뇌가 다치지 않아서 다행이라고 했다. 앞으로도 끝없는 수술과 재활이 기다리고 있었다. 그러나 다시 살아난 신율은 두렵지 않았다. SNS에 휠체어에 앉은 자신의 모습을 사진 찍어 올리고 글을 썼다. 전보다 응원의 메시지가 늘었다.

세 사람이 탄 배가 항구도시를 출발했다. 배는 세 사람이 올라갔던 새안산을 한 바퀴 돌고, 세 각시의 전설이 있는 섬도 돌았다. 항구도시를 걸어 다니면서 봤던 바다 풍경이 손에 잡힐 듯 가까웠다. 해체 작업을 했었던 우주선 가까이에 도착했을 때, 한은 배를 멈추었다. 항만이 눈앞에 보였고, 우주선이 마치 바다에 떠 있는 것처럼 보였다. 세 사람은 말을 잃고 우주선을 바라보았다.

-나 집에 돌아갑니다. 파키스탄 집 말입니다. 이 나라에서 내 눈에 인공안구 수술을 해 주었습니다. 엄청나게 잘 보입니다.

옴이 그 우주선을 보다가 말했다.

-축하해요. 옴 아저씨. 드디어 집에 돌아가는구나. 눈도 멋져요.

신율이 말했다. 신율은 가방에 챙겨 온 두툼한 책을 옴에게 내밀었다. 『은하수를 여행하는 히치하이커를 위한 안내서』였다.

-자희르 선물이에요. 자희르 크면 나랑, 옴 아저씨랑, 라한 할아버지까지 우주에 같이 가야죠.

옴이 웃으며 고개를 끄덕였다.

-나는 살아 있을랑가 모르겠다.

한이 태연하게 말하자 신율은 맞장구를 쳤다.

-걱정하지 말아요. 오래오래 사실 거니까요. 그리고 내가 꼭 데려갈 테니까. 우주에 갈 때까지 내가 할아버지 옆에 꽉 붙어 있을 거예요.

신율의 대답에 한은 울컥해서 말을 돌렸다.

-나는 우주선 타믄 멀미할 텐디. 그나저나 나는 누리호 발사 성공했을 때가 기억난당께. 온 나라가 좋아서 들썩들썩했당께.

옴이 빙긋 웃으며 대답했다.

-나는 좋아. 자페르도 같이 가는 거지?

신율이 손가락으로 딱 소리를 냈다.

-내가 깜빡했네요. 물론 자페르 언니도 같이 가요.

바닥에 누워 있던 신율은 하늘을 올려다보았다.

-나는 저 우주선에 있던 옴 아저씨가 좋았어요. 할아버지도 그 우주선에서 컵라면 먹어 봤어야 하는데요. 얼마나 맛있는지 몰라요. 옴 아저씨한테 속에 있던 이야기 다 하면서. 나는 그 시간이 없었으면 견디지 못했을 거예요. 옴 아저씨.

한이 배낭에서 도시락을 꺼냈다. 도시락 뚜껑을 열자 옆구리가 터진 김밥이 들어 있었다.

-김밥이 너무 못생겼습니다.

옴이 말했고 신율은 깔깔 웃었다. 한이 신율의 입에 김밥을 넣어 주었다.

-기냥, 묵어라. 좀. 새벽부터 일어나서 쌌당께. 느그들 배 태우고 올라고. 참, 배에서도 라면 끓여 묵을 수 있는디. 기다려 봐라.

한이 자리를 털고 일어났다. 한은 부탄가스에 냄비를 올리고 생수를 부었다.

-김밥 맛이 좋습니다. 부장님. 라면은 돼지고기 안 들어간 베지테리언 라면입니까?

옴이 물었다. 라면을 손에 들고 있던 한은 얼굴이 붉어졌다. 한은 흐린 눈으로 라면 봉지에 쓰여 있는 성분표를 보다가 내려놓았다. 옴이 가방에서 채식 라면을 꺼냈다. 한이 라면 봉지를 뜯었다. 바닷바람이 불어와 배가 요람처럼 흔들렸다.

신율은 도시에서 쫓겨나 난민처럼 표류하다가 자리를 잡은 자신과 일생을 독거노인으로 살던 한, 국적을 속이고 돈을 벌러 와 고생하던 옴이 차례로 탔던 우주선을 보았다. 한과 옴이 아니었다면 신율은 이 항구도시에도 발붙이지 못하고 말았을 것이다. 세상 그 어디에도 신율이 갈 곳은 없었다. 그것은 친구가 없어서였다. 사람을 밀어내기만 하던 자신의 손을 잡아 주고, 신율의 편이 되어 준 두 사람이 있어서 닻을 내릴 수 있었다. 신율은 옴이 머물던 낡은 우주선을 보았다. 누군가에게는 집이었고, 누군가에게는 일터였고, 누군가에게는 위로의 장소였던 곳. 신율의 사고 후 우주선의 해체 작업은 중지되었다.

–나는 니가 주던 오미자차가 마시고 싶응께. 언능 털고 일어나라.

라면을 냄비 뚜껑에 덜어서 후루룩 먹으면서 한이 말했다. 옴도 고개를 끄덕이며 라면을 먹었다. 신율은 이대로도 좋았다. 비록 몸이 부서졌지만 살아 있는 시간의 의미를 알게 되었기에. 신율의 친구가 된 한과 옴이 같이 떠밀려 갈 인생이 궁금하고 설레기에.

신율은 하늘을 보고 눈을 감았다. 찬란한 햇빛이 부드러운 바람과 함께 얼굴을 훑고 지나갔다. 한이 로봇 다리로 교체 수술해 줄 테니 다시 걷고 다시 멋진 인생을 살아 달라고 했다.

한의 그 말이 좋아서 신율은 휠체어를 타고 학교에 다니기 시작했다. 대학에 가려고 마음먹었다. 다 해낼 수 있을 것 같은 자신감이 생겼다.

가끔 언니가 보고 싶겠지.

언니가 떠나간 우주와 언니가 가려던 별에 가고 말 거야.

신율은 눈꺼풀 속에서 빛나는 빛을 향해 손을 내밀었다. 그 빛 속에서 우주를 향해 날아가는 고래가 보였다. 고래를 닮은 우주선이었다. 언니가 그 우주선에 타고 있었고 그 옆에는 한과 옴이 있었다. 신율은 로봇 다리로 서 있었다. 자페르는 무릎에 자희르를 앉히고 있었다. 신율은 엄지를 치켜올렸다.

소녀의 노란방에서

10년 전 그날, 나는 무엇을 했나.

나는 그날 칼국수를 먹으러 대부도로 향하고 있었다. 지독한 안개가 차 앞을 가로막았다. 도로에 있던 모든 차들이 일제히 비상등을 깜빡였다. 뒷자리에는 여덟 살, 여섯 살 먹은 내 아이들이 타고 있었다. 우리 가족은 시화호를 건널 수 없어서 집으로 돌아왔다. 무엇이 우리를 막았던 걸까. 그 안개 속을 걸어서 어떤 영혼들은 집으로 돌아가지 않았을까. 나는 두고두고 생각했다.

시간이 지나서 내 아이들이 그때의 아이들 나이로 자랐다. 나는 진도가 고향인 작가로서 그 바다에서 있었던 일을 쓰고 싶었다. 내가 목포에 있는 그 배를 찾아갔을 때, 해체 중이라는 말을 들었다. 내부는 보지 못하고 더운 해를 받으며 내내 서 있다가 목포를 돌아다녔다. 내가 많이 늦었다는 생각을 하고 있었는데, 버스 정류장에 흑인 소녀가 서 있었다. 내가 보기에 그 아이는 심심하고 외로워 보였다. 그 소녀로부터 이야기는 시작되었다. 나는 바다가 내려다보이는 책방에 앉아 이 소설을 쓰기 시작했다.

작년에는 〈작가TV〉와 함께 그 배의 내부를 볼 수 있었다. 내가 상상했던 것보다 광활했고, 벽이 다 일어나 있어서 만지면 손에 상처가 날 만큼 낡아 있었다. 그 배에 붙어 있던 따개비가 말라서 바닥에 굴러다녔다. 나는 그 따개비를 주머니에 넣어 왔다. 따개비를 책상에 올려놓고 썼던 소설을 다시 고치면서, 나는 그 사건이 일어나고 난 다음 50년 후를 상상했다. 그 일을 위해 자신의 인생을 걸었던 사람들. 아직도 다큐멘터리를 만들고 있는 감독. 자식의 죽음을 겪고 그 시간 안에 갇혀 있는 사람들. 그들이 받았던 상처의 말들. 내가 취재하며 지켜본 것은 그들이었다. 나는 그들을 위해 이 소설을 완성했다.

올해 3월 초에는 유민 아버지를 만나러 갔다. 그는 딸의 사진이 잔뜩 걸려 있는 노란방에서 생활하고 있었다. 그의 시간

은 멈춰 있었다. 그때 차학경이 유관순이 되어 받아 적었던 글
귀가 얼핏 지나갔다.

> 어떤 사람은 나이를 모른다. 어떤 사람들은 나이를 먹지 않
> 는다. 시간이 멎는다. 시간은 어떤 사람을 위해서는 멈추어
> 준다. (……) 그들을 위해 특별히. 영원의 시간. 나이가 없
> 는. 시간은 일부 사람들을 위해서 고정된다. (……) 그들의
> 기억은 부패되지 않는다.
>
> _『딕테』(어문각, 2004)에서

나는 그분에게 유민이가 살아 있었다면 몇 살이냐고 물었
다. 나는 유민의 나이를 모르고, 유민은 나이를 먹지 않고, 그
시간은 멈추어져 있으니까. 유민은 영원의 시간을 살고 있으
니까.

노란방은 난방을 하지 않아서 차디찼다. 내 소설 속 라한의
방처럼 여겨졌다. 그 일로 상처받고 숨어 지내는 노인 라한. 또
한, 언니의 죽음을 겪고 삶이 멈춘 혼혈 소녀 신율.

나는 남은 사람들이 살길 바랐다. 10년이 지나도 딸이 죽
었던 시간을 노란방에서 반복하고 있는 사내도, 언니를 위해
46일을 굶은 아버지를 둔 소녀도.

눈치 보지 않고, 그때 그 상처로 인해 아팠다고 말할 수

있길.

그런 마음으로 그들을 고래 모양의 우주선에 태워 우주로, 은하수로, 보내 주고 싶었다.

그리고 그날, 칼국수를 먹으러 대부도로 가던 차 안에 타고 있던 나의 아이들에게 읽어 주려고 이 소설을 썼다. 나는 그때 어린 너희들을 지켰지만, 어떤 어른들은 아이들을 지키기 위해 애를 썼다고. 나는 세상의 모든 아이가 지켜졌으면 좋겠다고. 특히 소녀들을 지키고 꿈을 찾아 주는 어른이 많았으면 좋겠다고.

여전히 세상의 어른들은 어린아이들과 약한 사람을 돌보면서 삶의 이유와 행복을 느낀다고. 소설을 쓰는 나는 이제 세상을 긍정적으로 보는 사람이 되어 이야기해 주겠다고.

내 아이들과 세상의 모든 아이에게, 그리고 어른들에게 말해 주고 싶었다.

이 소설은 내 주변 사람들의 도움으로 세상에 나올 수 있었다. 내가 취재할 수 있게 그 배 안을 보여 주었던 분들. 그 배의 내부를 설명해 주었던 분. 그때 나와 동행해 준 분들. 추천사를 써 준 유민 아버지 김영오 선생님. 유민 아버지는 이 소설을 사흘 만에 읽고 벅찬 목소리로 내게 전화를 했다. 유민이에게 하지 못한 말을 추천사로 남겼다는 말씀에 울컥했고, 내가 쓴 글이 세상의 어딘가에 닿았다는 사실에 힘을 얻었다.

박지음 작가의 소설은 다른 작가들과 다르다고, 박지음 작가는 특별한 글을 쓸 거라고, 언제나 지지해 주시는 김미옥 서평가님께도 감사드린다. 그분을 만난 것은 내가 귀인을 얻은 것이라고 나는 생각한다.

또한, 이 원고를 읽고 선뜻 출간을 결정한 교유서가 신정민 대표님께 감사드린다. 출간을 준비하는 내내 부족한 글을 읽어주신 교유서가 에디터님과 신정민 대표님의 마음을, 그때 그 아이들과 부모들과 그 일을 함께한 분들이 알아주실 거라고 믿는다. 나 또한 그러하니.

박지음

전남 진도에서 여덟 형제 중 일곱째로 태어났다. 어릴 때부터 작가가 꿈이었으며, 소녀 시절에는 편지 쓰기를 하면서 꿈을 키웠다. 명지전문대학 문예창작과와 서울 예술대학 문예창작과를 졸업했으며, 현재는 중앙대학교 대학원 문예창작 박사과 정에 재학 중이다.

2014년 〈영남일보〉 신인문학상을 받으며 작품활동을 시작했다. 2017년 월간토마 토 문학상 수상, 2018년 한국문화예술위원회 아르코 창작기금을 받았다. 소설집 『네바 강가에서 우리는』, 『관계의 온도』가 있으며, 기획 출간한 테마 소설 『나, 거 기 살아』, 『여행시절』, 『소방관을 부탁해』, 『쓰는 사람』을 함께 썼다.

우주로 간 고래

초판인쇄 2024년 4월 5일
초판발행 2024년 4월 16일

지은이 박지음

편집 이경숙 정소리 이고호
디자인 윤종윤 이주영 | 마케팅 김선진
브랜딩 함유지 함근아 고보미 박민재 김희숙 박다솔 조다현 정승민 배진성
저작권 박지영 형소진 최은진 서연주 오서영
제작 강신은 김동욱 이순호 | 제작처 천광인쇄사(인쇄) 신안문화사(제본)

펴낸곳 (주)교유당 | 펴낸이 신정민
출판등록 2019년 5월 24일 제406-2019-000052호

주소 10881 경기도 파주시 회동길 210
문의전화 031.955.8891(마케팅) 031.955.2692(편집) 031.955.8855(팩스)

전자우편 gyoyudang@munhak.com
인스타그램 @gyoyu_books | 트위터 @gyoyu_books | 페이스북 @gyoyubooks

ISBN 979-11-93710-31-9 43810